Pretamorphosis:
biografia não-autorizada de um ex-branco

Aldri Anunciação

Pretamorphosis:
biografia não-autorizada de um ex-branco

Todos os direitos desta edição reservados à Malê Editora e Produtora Cultural Ltda.
Direção: Francisco Jorge & Vagner Amaro

Revisão: Luiz Henrique Oliveira
Edição: Vagner Amaro
Capa: Dandarra Santana
Diagramação: Maristela Meneghetti
Ilustração de capa: Raul Leal
Texto revisado segundo o novo Acordo Ortográfico da Língua Portuguesa.
Proibida a reprodução, no todo, ou em parte, através de quaisquer meios.

Dados internacionais de catalogação na publicação (CIP)
Vagner Amaro – Bibliotecário - CRB-7/5224

A365p   Anunciação, Aldri
           Pretamorphosis: biografia não-autorizada de um ex-branco. 1. ed. — Rio de Janeiro : Malê, 2023.
           114 p.

           ISBN 978-85-92736-88-0
           1. Ficção brasileira I. Título

                                                 CDD B869.3

Índices para catálogo sistemático: 1. Literatura brasileira: ficção B869.3

Editora Malê
Rua Acre, 83, sala 202, Centro. Rio de Janeiro (RJ)
www.editoramale.com.br
contato@editoramale.com.br

"Os brancos têm a tendência de achar que qualquer um que interage socialmente com eles, e que é articulado, deve ser incluído na categoria branco."

Asad Haider (em *"As Armadilhas da Identidade"*)

Sumário

CAPÍTULO 1. QUEM É VOCÊ?..9

CAPÍTULO 2. *PRETAMORPHOSIS*..19

CAPÍTULO 3. ACREDITE EM MIM!..29

CAPÍTULO 4. E O MEU BEIJO?..37

CAPÍTULO 5. A FAMÍLIA MARGARINA.....................................43

CAPÍTULO 6. O *GRIOT* NUMA CELA..55

CAPÍTULO 7. *UPGRADE* DE NEGRITUDE...................................69

CAPÍTULO 8. *BRANCAMORPHOSIS*...81

BRIEFING DA SEGUNDA TEMPORADA..................................95

MAPA SIMBÓLICO...97

1. QUEM É VOCÊ?

Uma sala de jantar de uma família de classe média vaidosa de um bairro nobre de Salvador. Iluminados à mesa, estão Gregório, jovem branco de trinta e poucos anos, e sua namorada, Ana, igualmente branca ainda nos seus vinte anos de vida. Entreolham-se divertindo-se em deboche enquanto a família termina uma oração antes do jantar preparado por Dona Eva, mãe de Gregório. Também à mesa, o pai, Seu Benito, e seus irmãos, Bruno, o mais novo, e Edda, a irmã mais velha que finge estar orando. Terminam a oração. Neste momento, Edda, advogada, desata a falar sobre sua experiência traumática em concursos públicos. Ela é logo interrompida por Ana, "**Será que a sua não-convocação tem mesmo a ver com as cotas raciais, Edda?**", provoca com riso de canto de boca, a namorada de Gregório. "**Eu passei em oitavo lugar. Eram oito vagas. Deveria ser convocada, não acha?!**", responde Edda, soltando os talheres na mesa como que perdendo de súbito o apetite. Gregório escapole uma risada repreendida imediatamente por sua mãe. No silêncio conciliador que se segue, Edda olha de relance a tela de proteção do celular através do reflexo da jarra d'água da mesa, e se assusta ao enxergar a foto de uma mulher negra. Seu susto chama a atenção de todos que param imediatamente de comer. **"O que foi filha?"**, pergunta Dona Eva. **"A tela de proteção do meu smartphone! Apareceu outra foto... que não a minha!"**. **"Deve ser vírus!"**, sentencia o irmão mais novo, Bruno, reinstalando descontração à mesa. Gregório e Ana terminam ligeiros o jantar. O casal retira-se da mesa em divertido clima de alívio.

Caminhando pelas ruas, Gregório e Ana observam três pessoas de etnia negra, mal trajadas, que vasculham calmamente latas de lixo orgânico. **"Isso mesmo... turma! Hora do jantar!"**, ironiza Gregório, que, ao olhar o relógio, apressa o passo em direção a um prédio de alto padrão. Ana constrange-se secretamente com o comentário deslocado do namorado, mas prefere não comentar. **"Estranho horário pra fazer vistoria no apê. Vai estar tudo escuro!"** diz Ana. **"Cliente só tinha esse horário! Estranho na verdade é você ir pra faculdade uma hora dessas!"**, retruca Gregório, se despedindo com um beijo roubado de Ana. Ela é uma estudante de pós-graduação em Sociologia numa Universidade pública, ainda que pertença a uma família de classe média alta. Ana segue na rua. Gregório para na frente do prédio de alto padrão, retira do bolso o documento do CRECI (Conselho Regional de Corretores de Imóveis), que por um breve instante achou que tinha perdido enfiando as mãos por tudo quanto fosse bolso da calça jeans. Aciona o interfone, e mostra de longe o crachá ao porteiro negro que logo abre o portão cor dourado-brega da entrada para pedestres. O edifício parece ser aquele que procura fazer com que seus moradores se sintam mais importantes do que talvez realmente sejam. Na área interna do prédio, Gregório olha pro alto e observa uma varanda em festa. **"Hoje a vistoria vai ser animada"**, diverte-se o porteiro.

No canto alto do elevador de luxo, Gregório estranha uma pequena lagartixa doméstica branca. Ela caminha ligeiramente até a textura escurecida da parede, e se torna instantaneamente preta. Aquela transformação provoca um certo incômodo em Gregório. Em modo desastrado, ele tenta matar o pequeno réptil. A lagartixa, agora preta, some num buraco atrás da câmera de vigilância do elevador de luxo. Gregório constrange-se de súbito ao perceber que estava sendo observado digitalmente pelo porteiro, numa luta desproporcional com uma pequena lagartixa aparentemente inofensiva. Ele se recompõe. O som eletronicamente suave do elevador anuncia que chegou ao andar solicitado.

O elevador abre direto na sala do apê, como convém a um apartamento de luxo. Gregório se vê agora no meio de uma festa onde todos estão de traje passeio completo. Detalhe: ele é o único branco no ambiente. É uma festa *black* com sonoridade *lounge*. Sade Adu cantando no ápice da canção *Sweetest Taboo*. No meio daquela galera *black* em traje passeio completo, ele vê as mesmas três pessoas de etnia negra que estavam vasculhando as latas de lixo orgânico na rua daquele prédio de luxo, agora elegantemente vestidas e com *drinks* coloridos às mãos. Gregório fica confuso e levemente espantado com aquilo. De repente, "**Desculpa... não sabia que estava locado para uma festa.**", diz o Dono do Apê, um senhor branco que chega por trás de Gregório. "**É um apartamento de família. Muito parente envolvido. A gente perde o controle, sabe?**", completa o proprietário, também com um *drink* colorido à mão. Agora, eles são os dois únicos em branquitude no meio de uma elegante e animada turma *black*, onde todos estão com seus belos e coloridos *drinks*. De uma certa maneira, o surgimento do Dono do Apê alivia a tensão de exceção que brevemente tomou conta de Gregório ao se perceber o único branco no meio daquela privada multidão negra. Gregório costumava não gostar de se sentir minoria nos espaços, o que lhe trazia sempre uma sensação de vulnerabilidade. Mas o Dono do Apê está um pouco alto em termos alcoólicos e parece se divertir com a festa *black lounge*. Sorrindo, o proprietário, e talvez ex-futuro cliente de corretagem de Gregório, some no meio da lotada pista-sala de dança do apê de luxo. Irritado, Gregório retira o *smartphone* do bolso e apaga o perfil deste imóvel de seu aplicativo profissional de corretagem. Desiste deste cliente e resolve cancelá-lo. Mas ainda assim não recusa um *drink* colorido que naquele exato momento, passa à sua frente na bandeja de um garçom branco. Ambos, Gregório e o garçom, entreolham-se em uma cumplicidade de branquidade em minoria. Antes de pegar o *drink*, Gregório observa a tela de proteção do seu celular através do reflexo do copo de vidro, e se assusta ao observar a foto de um casal interracial. Ao conferir de novo, desta vez diretamente no *smartphone*, ele se certifica de que é um casal branco, ele e Ana, na tela de proteção do celular. Ele estranha aquilo, bebe de vez o *drink* colorido, e devolve o copo ao garçom branco que some por entre os convidados negros da elegante festa *black lounge*.

Manhã seguinte, no banho matinal que desenha o vapor da água quente no box de vidro, Gregório percebe nas costas de sua mão esquerda, uma pequena coloração escurecida na pele branca. **"Talvez procurar um dermatologista!?"**, pensa ele entrando de volta no quarto com decoração adolescente, ainda que seja um adulto. Gregório faz parte daquele grupo de pessoas que continua morando com os pais, mesmo depois dos trinta. Ao se arrumar, observa sempre de relance o pequeno sinal escurecido na mão que, de alguma maneira, o faz lembrar da noite anterior: a festa *black-lounge*.

Caminhando em direção ao Metrô, o olhar atento de Gregório observa, analítico, placas escritas "Vende-Se" nos prédios mais altos e luxuosos da área. Ele é um caçador de oportunidades imobiliárias e quando o assunto é trabalho ele aciona olhos de gavião. Nessa busca, sempre cruza acidentalmente o olhar com o sinal preto na mão esquerda.

Ao longo da semana, o sinal preto na pele branca de

Gregório, persiste e se intensifica, chamando a atenção de seus clientes de corretagem de imóveis. Aliás, existe uma mínima obsessão de Gregório por esses imóveis luxuosos. Um frisson na hora da venda ou confecção de contratos de aluguel que parece acionar uma zona prazerosa nele. Talvez uma vontade imensa de ser proprietário desses empreendimentos? Não sabemos. O fato é que a exposição dos imóveis aos clientes beirava o flerte de sedução que acionava atmosferas libidinosas. Sempre terminava a amostragem desses imóveis muito excitado. Um dia, bem intencionado, Gregório chama Ana após uma visita dessas de corretagem, e os dois terminam por transar perigosamente em um apartamento de luxo vazio com vista para a Baía de Todos os Santos. Depois da transa, Ana preocupa-se com o insistente sinal escuro na mão esquerda de Gregório. **"Ele parece maior, Greg! Procure um médico. Daqui a pouco isso passa pra mim!"**, sugere a namorada. **"O plano de saúde familiar tá vencido lá em casa! Vou ter que usar o cartão de crédito!"**, retruca ironicamente Gregório, com riso de canto de boca, enquanto observa a enorme lua que parece querer entrar no quarto do apê. A situação da família de Gregório não é das melhores, ainda que eles preservem uma certa postura de arrogância em relação à vida cotidiana no mundo real prático.

Pequenos exames médicos são realizados sem sucesso de diagnóstico na mão esquerda de Gregório. Não se percebe alguma ferida ou inflamação cutânea neste estranho sinal.

Apenas a epiderme se escurecendo. "**Greg, me procure quando você resolver isso, viu? Tá demais!**", decreta finalmente a namorada preocupada mais com a própria saúde do que com a do namorado. Iniciam um relacionamento praticamente digital. "**Soube que os japoneses estão mais nesse formato! Em terras nipônicas, pessoas têm se casado digitalmente, sem nunca terem se encontrado!**", debocha a aspirante a socióloga, Ana.

Depois de duas semanas, sua mão esquerda apresenta-se agora completamente negra. Mas, contrariando todas as expectativas científicas, comprova-se definitivamente que a mão esquerda, e agora negra, de Gregório encontra-se em perfeito estado funcional. "**Mas como?**". À distância, e através de trocas de mensagens zapeadas, sua namorada, Ana, compartilha com ele conteúdos de um conto místico que fala de uma espécie involuntária de transformação, onde "**a gente acaba se tornando aquilo que mais rejeita**". "**Ah... ideal você não deixar a mão negra à vista de sua família. Sabe como eles são!**", zapeia debochadamente Ana, relembrando a polêmica discussão sobre cotas raciais no último jantar com a família do namorado.

Na mesa de jantar, Seu Benito, o pai de Gregório, reitera que voltará a investir em um pequeno empreendimento de móveis de madeira. "**Vem com madeira sucupira, pai?**", pergunta o irmão mais novo, Bruno. "**Não! Madeira preta ou carbonizada não vende tanto. Vou investir no**

mogno… madeira clara." Neste exato momento, Gregório esconde a mão escura embaixo da mesa. E como sempre ocorria nas situações de constrangimento, ele se levanta e foge para o banheiro.

No banheiro, Gregório, em autoanálise, percebe que os sinais pretos ameaçam invadir seu antebraço esquerdo. Então, numa loja feminina no *shopping*, ele experimenta vários modelos de luvas compridas a la Audrey Hepburn em *Bonequinha de Luxo*. Decide constrangido por uma simpática luva cobrindo a sua mão e antebraço negros. Gregório caminha encabulado pelo *shopping*, como se alguém soubesse da sua querela epidérmica.

Telefone de Gregório toca. É o Dono do Apê de luxo, "**Desculpa aquele dia de festa! Alugamos para aquele evento porque estamos precisando pagar o condomínio alto do apê**", justifica o proprietário. Trajando a luva *Bonequinha de Luxo*, Gregório caminha na mesma rua onde negros e negras vasculhavam lixos orgânicos na primeira vez que esteve por ali, "**Cadê a turma do lixão?!**", ironiza ele. Ao chegar no prédio, ainda na portaria, Gregório percebe surpreso que novamente acontece uma festa na altura do vigésimo andar. **"A Festa continua!"**, debocha o Porteiro. O elevador abre novamente na sala do apê de luxo. Gregório se depara agora com a mesma imagem de antes: Sade Adu eletronicamente cantando *Sweetest Taboo*, e negros e negras em belos trajes passeio completo dançando e conversando entre os mesmos *drinks* coloridos de antes. Ele tenta ouvir os assuntos das pessoas na festa, mas não consegue entender as questões apresentadas. O mesmo garçom de antes oferece um *drink* colorido. Ele pega com a mão esquerda e o garçom sorri com uma olhada maliciosa na luva *Bonequinha de Luxo*. Gregório se constrange, e toma um gole do *drink*. Intriga-se com o fato de novamente apenas ele e o garçom serem brancos naquele ambiente luxuoso de pretitude. O dono do apê não está presente. Subitamente, Gregório sente uma tontura como se tudo aquilo fosse uma miragem. Devolve para a bandeja o drink colorido, e sai apressado daquela festa *black lounge*. **"Esse cliente deve tá de sacanagem comigo!"**, pensa um Gregório chateado com a reincidente festa ao entrar no elevador privado do apê. De repente, ele vomita no elevador. Tem vertigens e estranha novamente a lagartixa doméstica branca que caminha de uma área clara para uma superfície preta. Som de Sade Adu na sua cabeça. Cambaleando pela rua pouco iluminada, Gregório incomoda-se com a ausência de negros e negras vasculhando lixo orgânico daquele bairro nobre de Salvador.

Naquela mesma noite, no seu quarto, antes de dormir e sentado na cama, ele retira a luva *Bonequinha de Luxo* da mão esquerda e... susto. Gregório percebe uma continuidade do enegrecimento no antebraço. Uma avalanche de vozes invade sua mente: **"A biópsia não confirma suspeitas."** / **"A gente termina por se tornar aquilo que rejeitamos!"** /

"Hora do jantar, turma! Limpa a rua depois, hein"/ "Aceita um drink colorido?" / "Cuide logo desse sinal preto, Greg!" / "Não mostre essa mão negra pra sua família, pelo amor de Deus!". Em desespero, ele decide verificar através do espelho a dimensão da negrura que invade o seu corpo branco. Caminha lentamente até o grande espelho numa ansiedade contida. Ao olhar-se refletido, Gregório fica ainda mais atônito: a superfície integral do seu corpo estava negra. Dos pés à cabeça em negritude étnica. Ele retira ligeiramente a camisa social branca revelando um tronco negro, e assim vemos que se trata de um homem negro. Completamente intrigado, Gregório se pergunta: ***"Quem é você?"***.

2. PRETAMORPHOSIS

Ao som da canção *Sweetest Taboo*, de Sade Adu, Gregório totalmente enegrecido, se diverte um pouco acima do tom na varanda do apê de luxo, tentando se entrosar, sem muito sucesso, com as pessoas da festa *black lounge*. O garçom branco passa e ele pega com alegria excessiva mais um *drink* colorido seguido de uma piscadela de olho em cumplicidade. Gregório imita desastradamente a dança de John Travolta/ Uma Thurman na clássica cena de *Pulp Fiction*. De repente, o *drink* colorido cai de sua mão chamando a atenção de todos. O coração de Gregório bate acelerado enquanto ele tenta se situar no tempo e espaço. Ele se esforça para lembrar como foi parar novamente naquela festa *black lounge*. Ele caminha até a janela do apê de luxo sob o olhar atento dos outros convidados negros. Olha para o horizonte e sente a brisa tocando seu rosto. Ainda confuso e com a cabeça latejando, ele olha para a negrura de suas mãos e braços. Sente um alívio momentâneo, mas logo se dá conta de que há algo errado. Pelo reflexo da vidraçaria da varanda do apê de luxo, ele se enxerga completamente negro. Decidido a desvendar o mistério, Gregório desce as escadas do prédio. Por algum motivo, ele teve receio de se encontrar com a lagartixa branca do elevador. Na portaria, ele pergunta ao porteiro se lembra de tê-lo visto entrar no prédio. O porteiro olha com desconfiança e responde que não.

Gregório retorna em direção ao elevador de luxo, mas, antes que possa apertar o botão, a porta se abre sozinha. Ele hesita por um momento, mas decide entrar. O elevador sobe rapidamente e para no vigésimo andar. A lagartixa branca surge novamente atrás da câmera de vigilância. Ele ameaça entrar em pânico, a porta do elevador se abre, e Gregório se depara com a mesma festa *black lounge* de antes. Ele olha para as pessoas dançando e conversando, mas não reconhece nenhuma delas. Percebe que a música que antes tocava, *Sweetest Taboo*, agora é outra. Não consegue identificá-la. Ele sente um frio na espinha e decide sair do prédio de luxo o mais rápido possível. Quando volta para o elevador, ele se fecha sozinho e começa a descer. Gregório percebe que não há botões para escolher o andar, e que o elevador parece estar dirigindo sozinho, **"Como assim?!"**

Ele tenta manter a calma, mas é difícil. O elevador para no subsolo do prédio de luxo, e a porta se abre. Gregório se depara com um corredor escuro. Ele hesita por um momento, e decide seguir em frente. O corredor parece não ter fim. Gregório não desiste. Ele sabe que precisa chegar ao fim para descobrir o que está acontecendo. Depois de muito caminhar, ele encontra uma porta entreaberta. Ele empurra a porta devagar e entra em um grande salão. O ambiente também é escuro e há luzes coloridas piscando ao fundo. Quando Gregório se aproxima, percebe que está em uma outra festa clandestina. Dessa vez os convidados são brancos. **"Todos brancos?!"**, espanta-se em sussurro um Gregório negro. Dessa vez, é uma festa *white lounge*. Ele olha em volta e vê diversas pessoas bebendo *drinks* incolores. Há mulheres com roupas provocantes servindo bebidas e homens de terno conversando em tom baixo. Ele olha novamente para seus braços e mãos negras, e se dá conta de que é o único etnicamente negro, e isso o faz se sentir vulnerável. Gregório então se esconde atrás de uma pilastra e observa a cena. Ele sabe que precisa sair o mais rápido possível daquele prédio. Ele se aproxima da saída, mas é impedido por um segurança branco e musculoso. O homem o encara com desconfiança e pergunta como ele entrou ali. Gregório tenta se explicar em vão. O brutamontes não consegue ouvir ou entender. É como se Gregório estivesse falando outra língua. De repente, o segurança observa algo no ombro esquerdo de Gregório. Ele não consegue enxergar o que tanto chama atenção do segurança. É quando o vigilante pega com carinho uma pequena lagartixa branca que repousava tranquilamente sobre a camisa de Gregório. Ao perceber o réptil nas mãos do segurança, Gregório grita em desespero revelando uma estranha fobia reptiliana. É quando ele acorda na cama de seu quarto. Era um pesadelo. Gregório então corre para o banheiro e o desapontamento: ele continua negro.

Antes do sol nascer, toma ligeiro um solitário café da manhã. Sai imediatamente fugido de casa antes que todos acordem. No metrô, dia ensolarado, celular toca. Ele se assusta. Ana, sua namorada, quer uma videochamada, **"Não posso atender agora..., mas dá pra escrever!"**, digita um assustado Gregório, olhando para os lados como se estivesse fazendo algo errado. No metrô, uma pequena garota negra com seus cinco anos de idade, sentada com a mãe, também negra, que está concentrada ao celular, olha simpática para a luva *Bonequinha de Luxo* de Gregório. Ele se constrange e sorri pra garota. Força do hábito, ele ainda usa a luva feminina que lhe dá a falsa impressão de esconder sua nova condição em negritude. O reflexo do vidro do metrô, seguindo barulhento pelos trilhos, o faz imediatamente lembrar, **"Estou todo negro!"**. Gregório retira envergonhado a luva feminina sob o olhar debochado da garota do metrô.

Diante do prédio do curso de Pós-graduação pergunta-se em sussurro, **"Deus, o que vim fazer aqui?"**. Ele ainda está preso a sua agenda cotidiana em branquitude. Da guarita, o porteiro, Antônio, negro de quarenta anos, percebe a hesitação de Gregório em colocar o dedo no sistema de biometria de entrada do prédio do curso da Pós. Ele prossegue e... bingo! A catraca libera a entrada. O porteiro observa isolado no monitor a foto de Gregório no sistema de dados da Pós. Fantasticamente, a foto está enegrecida no sistema e isso não gera qualquer espanto ao porteiro Antônio que encara tudo com naturalidade. Entreolham-se por alguns instantes e Gregório estranha aquela súbita cumplicidade do porteiro. É quando um aluno aborda Gregório perguntando se o elevador do prédio está quebrado. Gregório não sabe o que responder. O porteiro Antonio percebe o mal-entendido, e assume a resposta: "**Está em manutenção. Direto à esquerda tem uma escada!**".

Na escada, Gregório subitamente senta no degrau. Após momentos de aflição, desiste de seguir pra sala, "**... ainda não tô pronto pra encontrar pessoas que me conheciam... que me conhecem!**", indica o seu diálogo interno. Observa pensativo através do basculante da escada de emergência e pela primeira vez se intriga com o grande número de alunos brancos circulando no pátio. Aqueles alunos contrastam com sua mão negra que se apoia na esquadria clara de alumínio do basculante. Ao descer ligeiro de volta a escada de emergência, cruza com outro colega, o jovem Solano, único negro da turma. Gregório o reconhece. **"É hoje que tem o seminário sobre perda súbita de seguidores de *influencers*?"**, pergunta curioso o negro Solano como se o conhecesse naquela condição em negritude. Gregório espanta-se, mas acessa ligeiramente uma informação evasiva de que todos os negros se cumprimentam em mútua solidariedade social, mesmo sem se conhecerem. Gregório participara uma vez de um grupo de pesquisa sobre racismos no ensino médio. Aquele grupo de estudo o incomodara na medida em que o objeto lhe provocava a sensação de perda de tempo em um assunto que não lhe renderia concretamente pontuação na matéria. Aquela experiência no grupo de estudo lhe veio justamente nesse momento em que o Solano o aborda na escada de emergência. Gregório não responde, e surpreende-se ligeiramente ao ver uma lagartixa doméstica branca escurecer no corrimão preto da escada. Aquela imagem novamente o incomoda de alguma forma. Solano percebe o incômodo de Gregório que olha atônito a fantástica transformação de cor da lagartixa. Um momento quase mágico em que ambos, Gregório e Solano, assistem ao espetáculo de mudança de cor do pequeno réptil. Abrupto, Gregório desce as escadas correndo no modo fuga. Solano repara na nuca de Gregório a tatuagem de um coração que circunda o nome "Ana", e segue encabulado com aquele encontro fortuito. **"Quem é Ana?"**, pensa o negro Solano ao se dirigir normalmente pra sala de aula.

Nas ruas de Salvador, Gregório caminha visivelmente sem direção por entre pessoas. Está com medo e confuso. Anoitece. Passa da meia noite. Depois de um dia solitário, Gregório volta para casa. Ao passar na sala escura da casa da família, o celular notifica alto e sonoramente uma mensagem. Ele se assusta com medo de acordar alguém. Corre imediatamente pro quarto. Na escuridão do seu quarto adolescente, ele lê a mensagem: **"Cadê você, cara pálida? Sumiu? Amanhã é aniversário de minha mãe. Você vem? Saudade! Bjs, Ana".** Cerco se fechando pra Gregório.

Não responde a mensagem. Desliga o celular. Olha a foto da Ana em um porta-retrato do seu quarto. Tem saudade da sua pequena.

Manhã seguinte, Gregório sai discretamente antes do sol nascer. No *shopping* passa por algumas situações complicadas para ser atendido nas lojas, **"Ninguém me atende direito!"**. Finalmente, ele consegue comprar um presente para a mãe de Ana. Envia através de um *motoboy*.

Ana estranha a ausência de Gregório no aniversário da sua mãe. Mas a futura nora se anima com o presente do provável futuro genro. Ana liga para Gregório. Ele hesita e novamente não atende. A pretam*orphosis* interferiu no seu timbre vocal, Ana estranharia. Ele próprio estranha quando fala com alguém. A voz encontra-se mais encorpada, com tom mais grave. Diferentemente de sua biometria, que ainda permanecia a mesma e permitiu sua entrada no prédio da Pós.

Ele permanece novamente pelas ruas de Salvador até altas horas. Mais um dia. Na rua em que se localiza o apê de luxo onde acontece a festa *black lounge*, Gregório cruza com os mesmos negros e negras que vasculham latas de lixo orgânico daquele bairro. Mas dessa vez, ele observa reflexivo aquela situação. Um dos negros percebe Gregório e para de vasculhar o lixo, **"O que foi?!"**. Gregório não responde. Segue seu caminho.

Dona Eva, mãe de Gregório, comenta na mesa de jantar a ausência contínua do filho nos últimos dias naquele momento tradicional da família. Costumavam conversar sobre questões do dia a dia, dificuldades econômicas pelas quais estavam passando, e por vezes sobre as atuais relações afetivo-amorosas dos filhos. Edda, sua irmã advogada, anuncia que se inscreveu em mais um concurso público. Dona Eva alerta para o perigo dos cotistas negros, **"Tenta uma classificação melhor dessa vez, filha. Esse povo não tá pra brincadeira. Chegam querendo ganhar!"**. Bruno, o irmão mais novo de Gregório, comenta sobre o amigo Rafael, negro de vinte e poucos, que finalizou oficialmente a pena de três anos de detenção, mas continua preso. **"Você podia ver isso, Edda?"**. **"Vamos analisar detalhes depois"**, responde Edda sem muito interesse. Seu Benito, o pai, observa em silêncio a todos na mesa e desconversa o assunto dizendo que vai precisar de Gregório para a retomada da produção de móveis de madeira. Todos finalmente percebem a ausência de Gregório. Edda debochadamente sugere que o irmão mais novo Bruno substitua Gregório nos planos de retomada do empreendimento de móveis de madeira do pai. Seu Benito mostra-se inseguro com essa possibilidade. Bruno incomoda-se com a situação.

Dona Eva entra no quarto vazio de Gregório. Ela arruma superficialmente a bagunça. Pega um porta-retrato do filho com a noiva Ana. Ela está com saudade e preocupada. Seu Benito a chama para dormir, mas Dona Eva resolve ficar de vigília aguardando o filho.

Voltando para casa secretamente, como de costume após à meia noite, Gregório abre discretamente o portão principal. Dona Eva ouve o barulho do portão se abrindo, **"Meu filho!"**, pensa a mãe saudosa. Através da janela do alto do primeiro andar da casa, ela surpreende-se ao ver um negro entrando no pátio. É o Gregório em negritude. Mas ela não sabe. Então Dona Eva liga imediatamente para a polícia, 190, **"Uma pessoa negra acaba de invadir a minha casa, tá no jardim! Rua Juazeiro, número 09, Rio Vermelho. Estamos em perigo! É um assalto!"**, sussurra Dona Eva tentando manter a calma.

Gregório acaricia o cachorro da casa, Eddy, que o reconhece feliz no jardim. Percebe, de repente, luzes vermelhas e azuis da polícia de Salvador iluminando o alto das copas das árvores à frente da casa da família. Ele constata, então, a janela aberta do primeiro andar. Imediatamente entende o mal-entendido. Deixa o cachorro e foge pelos fundos. Na rua de trás da casa da família, numa madrugada escura, Gregório corre desesperado e sem destino. Ao longe, o típico som da sirene de polícia. Ele foge.

3. ACREDITE EM MIM!

Gregório caminha por uma rua escura e deserta no centro velho da cidade de Salvador. Ele encontra um pequeno hotel de qualidade duvidosa na Rua Carlos Gomes. Solicita um quarto para pernoitar. Recebe a ficha de cadastro, e hesita por um instante olhando o formulário. **"Alguma dúvida?"**, pergunta impaciente, a atendente. **"Tá tudo muito claro no formulário!"**, desconversa Gregório. *"Local de partida e próximo destino, você pode deixar em branco."*, complementa a atendente. A palavra "branco" ecoa de modo estranho nos ouvidos de Gregório. Os múltiplos sentidos desta palavra confundiam-se em sua cabeça desde quando percebeu o processo de *pretamorphosis*. Gregório então retira o documento de identidade do bolso, enquanto a atendente entra numa pequena sala para pegar a chave do quarto. Ele observa apreensivo seu documento RG com sua foto em branquidade. No reflexo do vidro do balcão do hotel, ele revê a sua atual imagem em negritude. Aflição. Quando a atendente retorna com a chave do quarto, ela não encontra mais ninguém na recepção do hotel. Gregório sumiu.

Sentado numa praça escura da cidade, Gregório pega o celular. Acessa o grupo de *Whatsapp* da turma do curso da Pós. Observa as fotos de todos os integrantes com uma urgência investigativa. Quase todos brancos. Gregório nunca havia se atentado para isso. No fundo, não era uma questão. A invisibilização alheia é tão fatídica quanto devastadora, pois consegue destruir futuras relações antes mesmo que elas aconteçam. Não podemos nos relacionar com aquilo que não enxergamos. Pelo menos é o que nos ensinam no mundo real prático. Esses pensamentos fazem pouso consciente e intrigante na mente de um Gregório enegrecido. Mas a nossa humanidade às vezes é infalível, e Gregório começa a sentir na pele os sintomas de desconforto de uma vida em diferença ou em outricidade. Esta palavra parece inventada, né? Mas significa a qualidade de ser o outro, o alheio.[1] Retomando o trilho de nosso pretagonista que observa a brancura de seus colegas em uma foto da turma, ele de repente se detém na imagem do colega negro que encontrou mais cedo na escada de emergência do prédio da Pós, Solano. Clica na imagem de Solano. Liga pra ele. Ninguém atende. Gregório desiste da ligação. No fundo sente um certo alívio. O que faria se o Solano atendesse? Nunca havia sequer cumprimentado aquele único preto da sala. E, de um certo modo, Gregório reflete lateralmente sobre isso. Incomoda-se numa medida que não

---

1 Referência a Grada Kilomba em Memórias da Plantação.

consegue organizar em pensamento uma resposta para caso alguém o perguntasse: por que somente agora você tenta uma aproximação com o único colega negro da turma?

Ele volta a caminhar na noite escura. De repente, no silêncio da noite, o celular toca. É o colega Solano, retornando a chamada que ele havia feito. **"A uma hora dessa? Tá precisando de alguma coisa, Gregório?"**, pergunta o colega que observa fantasticamente a foto em negritude de Gregório no *smartphone*. Teria o esperto algoritmo atualizado automaticamente a foto de Gregório? **"Como você sabe o meu nome?"**, questiona o ex-branco. **"Somos colegas de sala! Lembra?"**, explica Solano. Gregório faz silêncio. **"Desculpa... eu só não lembro teu nome."**, pergunta afirmativamente um Gregório constrangido, reiterando mais um olho que não enxerga do que um corpo que se invisibiliza. **"Me chamo Solano."**. Neste momento, as memórias de sala de aula o fazem lembrar mais fortemente do único colega negro do curso. Em verdade, memórias rasas que não conseguem sequer capturar algum conteúdo discutido pelo sempre arguto aluno do curso de mídias sociais, Solano. Envergonhado ao telefone, Gregório finalmente solicita abrigo na casa do seu único colega negro nesta noite.

Solano recebe Gregório ainda na madrugada, no seu pequeno apê onde mora sozinho. Gregório está cabisbaixo e secretamente encapuzado com o gorro da camisa de frio, ainda que Salvador esteja no calor ameno de uma primavera.

Precisa se disfarçar. Afinal de contas, ele não é mais aquela figura branca. É quando ele revela seu rosto enegrecido retirando o gorro. Gregório treme de medo por conta da possibilidade de Solano não o reconhecer. Seus olhos esbugalham como que em um pedido de clemência. Solano, por sua vez, se mantém sereno. Não se assusta com a negritude de Gregório. Isso deixa o ex-branco encabulado. **"Eu sou o Gregório, acredite em mim?!"**. Gregório retira todos os documentos do bolso. Inicia uma desastrada tentativa de convencimento, inclusive reproduzindo a assinatura da carteira de identidade com velocidade cronometrada. É quando Solano pergunta sua opinião sobre o filme do Jordan Peele, *"Corra!"*. A opinião insólita de Gregório sobre o filme quase carimba a veracidade de sua identidade para Solano, **"Você lembra que quase fui linchado na sala por causa dessa opinião numa discussão coletiva?"**. Gregório continua sem entender por que Solano não questiona ou se espanta com sua abrupta negritude. É quando Solano solicita inusitadamente que Gregório fique de costas. Ele resiste em princípio, mas faz o que o colega pede. Solano então observa a tatuagem de um coração que circunda o nome "Ana!". **"Quem é?"**, pergunta Solano. **"Minha namorada!"**. Solano diz que costumava sentar atrás da cadeira de Gregório e sempre se perguntava quem era a Ana da tatuagem. Gregório entende esse detalhe da tatuagem como uma validação de identidade para Solano que continua estranhamente calmo e sem reação de surpresa com a súbita negritude do colega ex-branco.

Longa jornada noite adentro, ambos conversam. Gregório expõe detalhadamente seu misterioso processo de transformação étnica que interfere não somente na cor da pele, mas também nos traços do rosto, na textura do cabelo e no timbre da voz. No meio da conversa, Gregório pega o celular e tenta desbloqueá-lo com a biometria. Não consegue. Sua digital está alterada. Observa assustado o próprio dedo. **"Tente mais uma vez!"**, sugere calmamente Solano. O celular destrava finalmente e Gregório inicia a busca de uma foto de sua família no celular. Em clima de confissão, ele fala sobre as implicações de uma família endurecida tradicionalmente em relação às comunidades negras.

Solano registra que Gregório, em branquidade, não lhe dava atenção devida às suas considerações sobre assuntos discutidos no curso da Pós. Depois de muito papo, o negro Solano organiza tudo que é necessário para que seu colega de curso possa dormir em um pequeno quarto de depósito de livros do apê. São livros teóricos sobre negritude e relações étnicas. Autores e autoras como Neusa Santos Souza, Sueli Carneiro, Bárbara Carine, Carla Akotirene, Silvio Almeida, Denise Carrascosa, Clóvis Moura, Conceição Evaristo, Abdias Nascimento, Ana Maria Gonçalves, Solano Trindade, Maria Firmina dos Reis, Carolina Maria de Jesus, Angela Davis, Patricia Hill Collins, Henry Gates Jr., Achille Mbembe, Grada

Kilomba, Mãe Stella de Oxóssi, Muniz Sodré, Jaime Sodré, bell hooks, Audre Lorde, Frantz Fanon, Lélia Gonzales, Milton Santos, W.E.B. Du Bois, Leda Maria Martins, Renato Nogueira, Saidiya Hartman e Djamila Ribeiro. Livros espalhados pelo chão e nas pequenas estantes flutuantes nas paredes. Até no teto do quarto parecia ter livros de negritude fantasticamente ajustados. Um estranhamento toma conta de Gregório, e não sabemos se pelo minúsculo tamanho do quarto, ou pela quantidade de pretas e pretos nas contracapas dos livros que pareciam voar naquele pequeno espaço.

Gregório passa a morar com Solano, que sugere ao longo dos dias, que o colega enegrecido crie uma nova página com conteúdos de persona *black* nas redes sociais. "**Você precisa formalizar ao menos uma existência no mundo digital! E aprender como se comportar nas batidas policiais!**", debocha Solano ao perceber que a vulnerabilidade do negro nos sistemas de segurança ainda não é uma questão para aquele ex-branco. De uma certa maneira, e por razões que você leitor ou leitora mais adiante nessa história irá compreender, despertam-se em Solano uma afetividade e compadecimento com aquela figura fragilizada por uma encruzilhada de identidade.

Ao acessar o *smartphone* com nova foto em negritude, os algoritmos das redes começam a sugerir grupos e perfis relacionados à negritude para Gregório. Solano se diverte com a produção digital da duplicidade étnica[2] do colega, agora quase amigo. No dia a dia do pequeno apê, Solano é o primeiro a perceber que a *pretamorphosis* de Gregório não é somente na percepção de aparência. Gregório passa a rever assuntos nunca antes relevantes enquanto em branquidade. Solano começa a levar Gregório para lugares enegrecidos do seu cotidiano: bares, eventos, shows, grupos de novos amigos. Solano inicia uma re-territorialização do espaço social de Gregório. O ex-branco tem muita dificuldade em lidar com esse cotidiano em sua nova condição de negritude. Então, começa a se identificar com as técnicas de sobrevivência da comunidade negra brasileira. Até então, sobreviver para Gregório estava restrito ao modo de captação de recursos financeiros e a um modo de alimentação diária. A sobrevivência em negritude extrapola esse limite e Gregório começa a desconfiar que corre perigo de vida somente por existir nas ruas brasileiras, perseguidoras de cidadãos e cidadãs com pigmentação acentuada na pele. Algo de inseguro começou a tomar conta da sua sensação ao pisar nas avenidas de Salvador. Era como se estivesse caminhando socialmente por um campo minado onde a qualquer momento uma bomba pudesse explodir.

Um dia, Solano confessa que está apaixonado por uma garota negra. **"Estou começando a não ver problema nisso!"**, debocha Gregório. **"Você teria razão!"**, conclui

---

[2] Aqui uma referência aos conceitos de ***Double Consciousness (Dupla Consciência)*** do afro-norte-americano W.E.B. Du Bois, e de ***Double-Voiced (dupla fala)*** do também afro-norte-americano Henry Gates Jr.

Solano com ar de professor. Gregório estranha e Solano complementa: **"Ela namora somente rapazes brancos."**. Intrigado com essa informação, Gregório olha de relance para o seu celular e subitamente se assusta. **"O que foi?"**, pergunta Solano. O novato em negritude então mostra a tela de proteção do seu celular para Solano. É uma foto de Gregório negro abraçado com Ana sua namorada branca em uma típica foto casal-interrracial-feliz. **"Eu nunca estive com Ana nessa condição preta. O que está acontecendo Solano? Que foto é essa?"**.

4. E O MEU BEIJO?

Dia comum de trabalho de corretagem de imóveis. O negro Gregório apresenta um apartamento de luxo a um jovem casal branco em um bairro nobre da cidade de Salvdor. Em princípio, a negritude não é uma questão para o casal. Pelo menos aparentemente. Eles pretendem ter dois filhos e precisam de um apartamento amplo. No meio da exposição do imóvel, Gregório imagina Ana no quarto vazio do apê.

"A vizinhança deste bairro do lado faz muita festa? Parece uma comunidade, né?", pergunta a cliente. **"Nunca ouvi som alto por aqui."**, afirma um Gregório ansioso pela venda do imóvel. Seus rendimentos estão cada vez menores. O seu enegrecimento coincidiu de modo exato com o declínio de seus rendimentos por comissão de venda. Algo que em princípio ele insiste em não associar. Acredita que na primavera soteropolitana, as vendas realmente caem, e o mercado imobiliário arrefece. Associações racializadas sempre são algo que enfrenta muita resistência no Brasil, ainda que os números e os *analitics* comprovem dados concretos.

De um certo modo, o ex-branco Gregório trazia consigo essa resistência em racializar as questões do mundo prático.

De súbito, começa a tocar ao longe uma versão *trendy* da canção *"I Know A Place"* de Bob Marley. A comunidade inicia uma festa. Gregório começa a dançar na sala do apê de luxo, ignorando o casal de clientes que está espalhado nos outros cômodos do apartamento. A cliente volta pra sala, e surpreende-se ao ver Gregório dançando sozinho. Estranhando a situação, o casal vai embora sem dizer palavra. Com sorriso no rosto, Gregório imagina Ana dançando no meio do apê de luxo. Sua imaginação desenha uma Ana um pouco mais alegre que o normal. A estudante de sociologia não é muito dada a festas, ainda que frequente eventos das comunidades periféricas de Salvador por conta das atividades de graduação do seu curso de sociologia. Ao longe, Gregório aprecia pessoas negras que circulam entre as vielas ao som de Bob Marley que sai das caixas da rádio comunitária. Por mensagens de *whatsapp*, Gregório marca finalmente um encontro com Ana. **"Naquele restaurante chique que você tanto gosta! Leve o cartão de crédito, viu?! Rsrsrs",** digita, feliz, Gregório que nunca se incomodou com o fato de a namorada quase sempre pagar a conta. Em comum acordo, encaravam de forma coletiva as dificuldades financeiras pelas quais o ex-branco e sua família passavam.

Gregório enegrecido entra no restaurante. Ainda que ninguém o tenha maltratado, ele se sente desconfortável. Ele não saberia dizer o porquê. Costumava frequentar aquele restaurante japonês com Ana, e quase sempre pediam o mesmo combo que incluía mais de 40 peças. Mas naquela condição de ex-branco, algo desarticula sua espontaneidade. De modo hesitante, senta-se a uma mesa de pedra de mármore escuro. Nunca reparou antes, mas a pedra reflete o ambiente aéreo da mesa, e também a sua imagem. Desde que vem passando pela *pretamorphosis*, Gregório tem adquirido uma obsessão pela busca do reflexo de sua imagem em todos os lugares como que se certificando do seu enegrecimento, ou de uma súbita reversão da misteriosa transformação. Mas especificamente neste momento, algo diferente acontece. Sua imagem no reflexo do mármore escuro adquire uma textura de sombra que não permite identificar com exatidão uma etnia branca ou negra. Essa indefinição no reflexo do mármore, o faz, por um momento, imaginar-se na sua antiga condição de branquidade. Mas logo percebe os outros clientes ao lado. Observa a sua própria mão negra, e conclui-se a diferença.

Ana chega no restaurante. Ela passa direto por ele e se senta em outra mesa. Na verdade, Gregório foge do olhar de Ana. Ele receia apresentar-se nesta condição enegrecida para a namorada. Autocensura-se. Então chama o garçom negro com quem logo suplica cumplicidade não correspondida no olhar, e o pede para entregar um bilhete acompanhado de um *Gim* Tônica, *drink* preferido do casal. Gregório percebe de súbito que todos os drinks nas mesas do restaurante são incolores.

Lembra imediatamente dos misteriosos *drinks* coloridos da Festa *Black Lounge* que experimentara no início desta história e onde o seu processo de *pretmorphosis* começou. Ele finalmente respira fundo e se levanta. Segue decidido em direção à mesa de Ana que logo abre um sorriso. Mas antes de ela dizer algo, ele dispara ansioso: **"Olá... Eu me chamo Solano. Gregório pediu para avisar que não poderia chegar. Sou colega de corretagem de imóveis."**. Ana logo percebe que existe algo de loucura em Gregório, e, nervosa, toma um gole de Gim como se quisesse disfarçar o incômodo. **"O celular descarregou e ele precisou ficar mais tempo com os clientes no imóvel. Eu viria até aqui jantar com uma amiga... então ele pediu pra avisar que tá chegando"**. É isso, caro leitor. Ele subnotifica sua presença disfarçando-se do colega negro. Corrompe-se identitariamente atemorizado pela possível rejeição de ser o que se é. E por favor, sugiro que não o julguemos, pois isso é uma pressão muito comum em uma sociedade que se quer branca. Nesse abalo sísmico de identidade, Gregório desaparece dirigindo-se rapidamente ao *toilette*, sem dar chance para Ana dizer alguma coisa.

À frente do espelho do *toilette*, ele estranha, como sempre, sua condição negra e seus novos traços no reflexo do espelho. Lava o rosto repetidas vezes, sempre se olhando em seguida. Realmente difícil acreditar no que está acontecendo, ele reflete. Finalmente, pega uma toalha de papel. Enxuga-se. Respira e sai do *toilette*. Quando Gregório volta pra mesa,

Ana não está mais lá. O garçom o observa com desconfiança, e chega mesmo a cochichar no ouvido do segurança do restaurante sem que o desapontado Gregório perceba. Ele pede a conta no exato momento em que o combo de 40 peças japonesas chega à mesa.

Na casa da família de Gregório, Dona Eva e Seu Benito percebem no quarto do filho a sujeira revelando que ninguém entra ali por dias. Desconfiam que Gregório não tem voltado para casa. Ligam pra Ana, que, nervosa, desconversa e diz que não o vê faz algum tempo. Em reunião familiar com os irmãos Bruno e Edda, todos decidem em comum acordo oficializar na delegacia do bairro o desaparecimento de Gregório.

Do pequeno apê de Solano, Gregório *zapeia* novamente com Ana através do celular. Ele confessa digitalmente sua preta*morphosis* pra namorada e diz ser o negro que se aproximou dela no restaurante na noite anterior. Ela diz que Gregório não está bem da cabeça e que sua família está muito preocupada com seu repentino sumiço. Marcam, então, um novo encontro presencial, "...**dessa vez em uma lanchonete simples, tá? Dentro de minhas condições financeiras atuais!**", brinca Gregório.

Ana chega na lanchonete. Ela encara Gregório *black* e sente uma certa afetividade. Depois de um básico auto*quiz*, ele revela intimidades do casal, e ainda mostra a tatuagem na nuca com o nome de Ana. Ela estranha tudo aquilo, como se não fosse necessária essa bateria de testes de comprovação identitária. Gregório fala das dificuldades de resgatar velhos amigos. Do momento difícil na corretagem de apartamentos. E ainda da saudade de sua namorada. Ana se sensibiliza com a situação em *pretamorphosis* do namorado e ainda percebe um hibridismo na sua identidade, que agora desliza por uma linha tênue entre branquitude e negritude. Antigos modos de Gregório escapolem na conversa. Tempos de risada, postura corporal. No entanto, novas maneiras e temas surgem na conversa, como a importância sobre como as pessoas o vêem, o que não era uma questão pro Gregório em branquidade. Conversam sobre empatia, a importância da convivência com o *"outro"*, e ainda sobre as motivações de Ana no curso de Sociologia, que a tornam mais empática com a negritude. Mas qual seria a real intenção de Ana com essa empatia sociológica com a negritude? Divertem-se um pouco com tudo isso e ainda resgatam piadas íntimas do casal com muito riso naquela simples lanchonete. É quando finalmente Gregório arrisca beijá-la e o inesperado acontece: Ana se esquiva, rejeitando qualquer aproximação íntima com o ex-branco Gregório. Clima quebrado. Ana pede desculpas e vai embora constrangida. Gregório fica sozinho na lanchonete e observa mais uma vez o reflexo de sua imagem negra no vidro do copo que ainda guarda metade do suco de laranja de Ana.

5. A FAMÍLIA MARGARINA

Manhã cedo, Gregório acorda assustado na cama de seu quarto com decoração adolescente na casa de sua família branca em um bairro de classe social vaidosa. **"Como vim parar aqui?"**. Ele estranha ao não se reconhecer no pequeno depósito de livros de teóricos e ficcionistas negros da casa do colega Solano. O que tinha acontecido? Levanta-se ligeiro da cama. Espia pela porta. Quer se certificar de que não tem nenhum familiar em casa que possa descobrir de modo abrupto a *pretamorphosis* pela qual está passando. Ouve barulhos. Abre o armário do quarto. Veste ligeiro uma roupa, não sem antes se surpreender ligeiramente com o seu corpo negro desnudado. Tenta pular a janela para fugir da "casa grande" da família branca. Como explicaria a sua repentina negritude? Não consegue, pois a janela é muito alta. Toma coragem e desce ligeiro a escada da sala. Pega a porta que vai dar na cozinha pra fugir pelos fundos. Fuga. Essa palavra não sai da cabeça do ex-branco Gregório. Mas ele se depara com uma cena surpreendente: na mesma cozinha de sua família branca, encontra-se uma família negra num típico café da manhã "margarina": uma mãe de mais ou menos sessenta anos, um pai aparentemente da mesma idade, uma irmã e um irmão. Todos negros na casa de sua família branca. E os brancos? Onde estavam? Ele tenta recuar, mas já era tarde, **"Bom dia, filho"**, saúda sorridente a mãe negra. **"Quem são vocês?"**, pergunta Gregório. **"Ela é sua mãe. Eles são seus irmãos!"**, responde o pai levemente chateado com a falta de modos de Gregório em um momento que se pressupõe *"happy margarina"*. **"Ele chegou tarde ontem. Deve ser ressaca, pai!"**, debocha a irmã negra. **"Ligaram da Corretora de Imóveis pra você. Tentaram o celular e não conseguiram."**, informa o irmão negro tomando um gole de café. O pai completa, **"Eles conseguiram adiantar o contrato da nossa loja. Vamos confeccionar todos os móveis de madeira da área comum de um condomínio que você fez corretagem. E parece que das quinze unidades que você vendeu, somente uma deu pra trás! Bingo pra gente!"**. Nesse momento, o cachorro Eddy pula em cima de Gregório, lambendo-o carinhosamente. Todos riem. É uma família feliz. E negra. Gregório se debate. Livra-se de Eddy, e se senta hesitante à mesa. Olha-se no reflexo da jarra de suco de laranja com ar de investigação, e confere: continua negro. **"É que ontem, eu sonhei que era branco. Depois de passar por uma festa... não sei como e porque... eu me tornava preto. Tive muita dificuldade com isso!"**. Todos param de manusear a mesa de café farta de comidas e geleias gostosas.

De alguma maneira, a família negra se surpreende com o sonho de Gregório. Como ele teve dificuldades de lidar com a negritude? O gelo é quebrado com o irmão negro que começa a rir, retomando em seguida a se deliciar com a oferta da mesa de café. O mesmo faz a irmã, ainda que sem sorrir. **"Mas somos negros, meu filho! Alguma vez, você imaginou o contrário?"**, debocha a mãe cortando um outro pedaço de pão. Ela passa margarina no pão sob o olhar atento do filho que parece prestar mais atenção nas mãos negras de sua mãe do que em qualquer outra coisa. **"Ancestralidade, Greg! É de grande importância! Lembre-se disso, filho.".** Gregório recebe o pão com margarina e geléia das mãos da mãe, mas não come. O pai está visivelmente chateado com o sonho. **"Vai me dizer agora que você tem uma branquitude escondida em você? Não basta a dificuldade que temos aqui nesse vaidoso bairro?"**. "Pai, eu vou fazer **uma representação jurídica. Se for constatada injúria racial a multa será alta.",** interfere a irmã advogada. **"Eu falei pra gente comprar uma casa num bairro com menos nariz empinado!"**, complementa desinteressado o irmão abraçando o cachorro Eddy. **"A gente... mora a pouco tempo aqui?"**, pergunta Gregório atônito. Nova rodada de silêncio e espanto na "família black margarina" que congela as pequenas ações num efeito de **"o que tá acontecendo com esse cara?"**. Observam Gregório experimentar um pedaço do pão. Ele se surpreende com o sabor. **"Quem fez?"**. **"Foi a mãe."**, responde uma debochada Edda. **"Mas ela não aprendeu com a vovó! Pegou tudo num tutorial de *Youtube*. Nem tudo é ancestral, Greg!"**. O irmão negro diverte-se com a informação da irmã, **"Ancestralidade digital!"**, diz abrindo uma gargalhada que estava contida desde o primeiro momento em que Gregório sentou à mesa com cara de **"Quem são vocês?"**. Gregório enegrecido estranha tudo aquilo. Uma família negra? Desde quando? **"Filho, seu chá gelado colorido está na geladeira! Esqueci de colocar à mesa. Desculpa."**, indica a mãe negra. Desolado, Gregório se levanta e caminha até o refrigerador com aspecto de recém comprado. Todos iniciam uma conversa sussurrada e inaudível sobre Gregório, que, ao chegar no refrigerador, depara-se com uma foto-ímã de uma família branca. Ele descola a fotografia da geladeira e observa intrigado que se trata de Dona Eva, Seu Benito, Bruno e Edda, sua família branca congelada numa foto em alegria matinal de uma propaganda de uma marca famosa de margarina. Olha pra família negra à mesa, sente uma tontura e desmaia com a fotografia da família branca à mão.

Gregório é acordado por Solano na cozinha do pequeno apê do colega negro. Teve um pesadelo. **"Tudo bem contigo?!"**, pergunta Solano. Gregório não responde. Está muito assustado. Observa, como de costume, a pele escura de trás de suas mãos. Levanta-se com cuidado, e vai em direção à geladeira beber algo. Na porta do velho refrigerador do colega, ele observa uma foto-imã com Solano abraçado por uma família branca. **"Quem são eles?"**. Dessa vez é Solano que não responde, mas em contrapartida pergunta como foi o encontro com Ana na noite anterior. Silêncio. Parece uma manhã sem respostas. Desconversam suas questões pessoais iniciando um papo sobre enegrecimento. **"Vocês entram numa disputa com tudo que não é branco, né? Talvez por isso não lidam bem com a rejeição!"**, provoca Solano. Neste momento, Gregório observa estático o pedaço de pão sobre a mesa. Experimenta o pão e lembra-se da mãe negra do sonho. Ao mesmo tempo, lembra de Ana rejeitando o seu beijo na noite anterior. **"Você já se olhou no espelho hoje?!"**, insiste Solano que também experimenta o pão. **"Quem fez esse pão?"**, pergunta Gregório. **"Peguei a receita num tutorial de Youtube. Ancestralidade digital. Gostoso, né?"**. Gregório concorda com a cabeça, e se levanta da mesa. Sente novamente uma tontura, e se apoia na parede. Solano ajuda o amigo. Gregório sai chateado do pequeno apartamento. Solano, misteriosamente, pega a foto com a família branca do refrigerador, e a aprecia com olhar fraterno.

Nas ruas, Gregório começa a observar meninas negras que passam por ele. Ainda continua tonto. Se apoia nas paredes coloridas e grafitadas das ruas de Salvador que o ajudam a caminhar. **"Você já se colocou realmente no lugar do outro?!"** Gregório se detém por um momento nesta frase grafitada com cores fortes em um muro abandonado. Ao olhar o outro lado da rua, vê uma garota negra com seus trinta e poucos anos, na frente de um bar. Ela está misteriosamente com o mesmo *drink* colorido da Festa *Black Lounge* do apê de luxo que Gregório tentou trabalhar na corretagem no início desta história. Será que ela sabe dos segredos que explicam aquela festividade elegante que marcou o início de sua *pretamorphosis*? A reversão desse quadro epidérmico seria possível através dela? Quando precisamos resolver algo qualquer pista parece a grande saída. À distância, ele insinua que gostaria de tomar um gole do *drink* colorido, de um modo que não sabemos se é de uma flertada, ou abstinência súbita dos intrigantes *drinks* daquela festa misteriosa. A garota não responde, e, simpática, entra no bar. Ele atravessa ligeiro a rua em sua direção. Entra no bar atrás da garota negra com o *drink* colorido. Lá dentro, surpreende-se ao perceber somente pessoas brancas confinadas naquele ambiente escurecido. A garota negra não está lá. Mas todos olham para Gregório. Ainda no bar e com aqueles olhos embranquecidos sobre ele, lembra em modo *flash* da sua rede de amigos brancos. Investiga mais um pouco o espaço na tentativa de encontrar a indecifrável garota negra, mas logo desiste. Um garçom negro surge no meio daquela branquitude e oferece uma *drink* incolor para Gregório. Ele ameaça aceitar o *drink*, mas logo rejeita o *drink* incolor. É quando ele observa um copo com resto de *drink* colorido sobre o balcão do bar. **"Você viu quem deixou aquele**

resto de *drink* colorido?". O garçom negro não responde e segue servindo os *drinks* incolores nas mesas esbranquiçadas que mais lembram uma espécie de confraria. Gregório senta-se encabulado numa mesa vazia daquele estranho bar. Decide procurar sua antiga turma de amigos brancos. Pega o celular e zapeia mensagens. **"Há quanto tempo, Greg?"**, responde um dos amigos. Ele termina por convencer três amigos brancos a se reunirem. Eduardo, Flávio e Carlos são amigos daquela fase formadora de sensos críticos a qual chamamos de adolescência. Esta fase muitas vezes funciona como um liquidificador de traumas futuramente levados às salas de terapia psicológica. Conheceram-se durante o ensino médio e poucas vezes se viram nos anos pós-escola. Mas se mantiveram conectados pelo mundo virtual através de redes sociais, esse fenômeno eletrônico que terminou por matar a sensação de saudade das pessoas. Gregório marca encontro numa praça de bairro nobre de Salvador. Óbvio que os três amigos brancos estranham violentamente o agora enegrecido Gregório. Com o seu típico e infalível *autoquizz*, consegue validar aos amigos quem ele é (ou era). **"Apesar de tudo, o que mais importa é a amizade."**, sinaliza um deles ainda chocado e incrédulo com essa transformação subjetiva tão profunda pela qual Gregório vem passando. Teria a amizade o poder de invalidar divergências tão evidentes entre pessoas? Parece contraditório, mas o amor fraterno fundamentado na convivência escolar compulsória e as amizades originárias desse momento adolescente, às vezes equalizam lugares que nunca teriam chances na nossa endurecida vida adulta. Neste encontro, os amigos brancos de Gregório escapolem diversos *beats* racistas, machistas e homofóbicos. Gregório se incomoda intimamente com quase tudo que os amigos expressam espontaneamente. Colocações que antes lhe pareciam inofensivas e socialmente aceitáveis, naquele momento, incomodam Gregório que mantinha a sua conferência silenciosa de pensamento sem conseguir minimamente criticar ou julgar explicitamente os amigos de adolescência. Na verdade, a ligeireza das afirmações com *beats* racistas no cotidiano é tão ligeira e enfeitada de graça e humor, que é necessária uma decisão subjetiva forte, se você por acaso quiser enfrentá-las. É preciso ter coragem de se autoproclamar o baixo astral da roda de conversas de bar, e enfrentar esses assuntos com pessoas com quem você nutre um mínimo de amor, de amizade ou memórias afetivas de adolescência. Gregório não queria assumir esse lugar, pelo menos ainda não. Seu enegrecimento ainda era muito recente. Então, ele simplesmente ouve e sente os *beats* que bombardeiam sua mente e abalam a sua certeza de estar no lugar certo.

Depois de muita conversa, decidem esticar a noite em uma balada para comemorar o reencontro de amigos. Dentro da pista de dança, os três amigos percebem que o Gregório não está entre eles. Logo descobrem que o ex-branco havia sido impedido de entrar na casa noturna por excesso de lotação. Os amigos se irritam com os seguranças e conseguem através de um breve escândalo, liberar a entrada de Gregório no estabelecimento. **"Não vá dizer que não entrou por causa desse defeito de cor, viu?"**, provoca Eduardo. **"Foi falta de sorte mesmo. Lotou justo na sua hora, Greg! Isso acontecia muitas vezes contigo, lembra?"**, conclui Carlos.

No meio da noitada, Carlos confessa pro amigo enegrecido que descobriu recentemente uma súbita homossexualidade. **"Assim de repente?"**, pergunta Gregório. **"Eu não sentia isso antes! Não comente com Flávio e Eduardo. Você assim desse jeito preto me deu confiança de falar."** "Não confiava antes?", questiona Gregório. **"Acho que não!"**, responde um hesitante e sorridente Carlos. A música alta da pista tocando *Ride With You*, do grupo eletrônico *The White Lamp*, dificulta o diálogo dos dois. Gregório, apesar de se espantar com a repentina e secreta homossexualidade de Carlos, diz que isso não é mais questão nos dias de hoje, sobretudo nas comunidades negras. Carlos, por sua vez, diz que no nicho dele, isso é um peso. **"Além de tudo, Greg, eu não convivo com negros!"**, complementa um Carlos turbinado por doses de *drink* incolor e dançando mais ligeiro que o ritmo da música na pista. Gregório sente-se impotente diante daquela dança descompassada.

Na farra do reencontro, Gregório termina por revelar que brigou com seu *room-mate*-negro Solano, e que talvez tivesse que dormir no carro naquela noite. Flávio, Eduardo e

Carlos afirmam que não podem dar guarida para o enegrecido Gregório em suas casas de família. **"O carro também é um lugar divertido de morar. Logo seu amigo negro te perdoa! Eles também não são cristãos?"**, conclui em gargalhada Eduardo, ao saber da morada automobilística do amigo. Na balada, Gregório se diverte vendo Carlos bêbado paquerando outros caras na pista. Carlos faz sinal de silêncio para Gregório. Divertem-se.

Ao sair da balada, Flávio resolve relembrar uma brincadeira perigosa que eles praticavam na adolescência. Quem teria a coragem de parar um carro em movimento? O jogo era manter-se em plena avenida e aguardar um automóvel em alta velocidade. Ganhava quem conseguia permanecer o máximo de tempo e se jogar fora da pista no exato momento em que fosse acontecer o atropelo. **"Carlos sempre quase era atingido. Você era o mais lerdo, Cal"**. **"Você achava mesmo, Edu?"**, replica Carlos com sorriso excessivo, como que em busca de uma alegria inexistente. Apesar daquela madrugada, carros passam como máquinas de *Fórmula 01* anunciando a proximidade dos agitos de final de semana. Gregório parece preocupado com o resgate desse jogo. Mas os amigos iniciam a rodada às gargalhadas, e Gregório arrisca. **"Cuidado!"**, grita Carlos, ao perceber que uma espécie de caminhão desce desgovernado em direção ao ex-branco na histórica Avenida Contorno da cidade de Salvador-Bahia. Flávio fecha os olhos para não testemunhar o triste fim do enegrecido amigo que, de súbito, some como se o grande veículo o tivesse atingido. Um silêncio noturno se instala logo após a passagem do veículo de grande porte que ainda buzinou insistentemente para que Gregório saísse da pista. Os três amigos brancos desidratam a alegria assumindo a seriedade que a situação pede. Mas, segundos depois, Gregório surge, sem um arranhão, do outro lado da Avenida Contorno, sorrindo como um vencedor. Todos gargalham na enladeirada rodovia que se tornara novamente deserta com a pausa de carros. **"Você melhorou com o tempo, Greg!"**, festeja Flávio abraçando o amigo. É quando eles ouvem um forte e alto assobio ecoar no vazio da noite. Por cima da faixa branca seccionada, que marca a divisória no asfalto da Avenida Contorno, o silêncio se impõe novamente com um Carlos excessivamente sorridente reiniciando o jogo perigoso. Um farol forte ilumina a todos anunciando tratar-se de um enorme veículo, acompanhado de uma forte buzina. Todos olham para o alto da íngreme avenida, exceto o Carlos, que com o sorriso suicida estampado no iluminado rosto, é atingido agressivamente por um caminhão-jamanta.

Ambulância e polícia. Todos são ouvidos na delegacia. No entanto, Gregório é o único detido, enquanto os dois amigos brancos são liberados. Gregório se vê sentado numa delegacia prestes a relatar a sua versão dos fatos na Avenida Contorno.

6. O GRIOT NUMA CELA

Na sala principal da delegacia, Gregório se impressiona ao ver sua foto em branquitude no mural como desaparecido. **"Poxa, estou duas vezes aqui, em preto e branco"**, reflete, ligeiro, Gregório ao cruzar o mural. Ele percebe ser o único branco daquele quadro de fotografias de desaparecidos que se apresenta quase em totalidade negra. Dona Eva, Seu Benito, Bruno e Edda estão numa campanha de procura do parente desaparecido. A grande questão com que a família se debateu na delegacia foi com o inusitado de uma pessoa branca desaparecida quando **"...o mais comum é um cidadão preto sumir do mapa",** ironizou de forma não apropriada o delegado aos parentes de Gregório.

Colocado na cela, Gregório tem um surto com os outros negros detidos. Considerem o fato de que ele está levemente alcoolizado, pois acabou de finalizar uma farra seguida de um espetacular suicídio com seus velhos amigos brancos de adolescência. Portanto, condescendência caro leitor ou leitora, pois ele grita incessantemente que é branco e que não faz parte desse mundo de negritude ainda que sua pele se apresente naquela configuração de pigmentação acentuada. Todos estranham o paradoxo surto anti-negritude de Gregório, o que termina por provocar um leve deboche-*buylling* contra ele, organizado pelos novos colegas negros de cela. Mesmo brigado com o único colega negro que possui, Gregório decide fornecer o contato de Solano para a polícia. Mas para surpresa do ex-branco, o negro Solano diz não conhecer Gregório algum. Decepcionado, ele pernoita pela primeira vez dentro de uma cela de delegacia.

Na cela, ele conversa profundamente com Seu Nelson, um senhor negro sexagenário que também está detido por um motivo qualquer. O semblante austero e ao mesmo tempo sereno daquele senhor, de alguma maneira, acalma Gregório. Seu Nelson confessa que não vê a família há muito tempo. Foi apreendido com uma garrafa de vinagre no meio de uma manifestação política da qual não participava. Era uma manifestação de um pequeno grupo de insatisfeitos com o resultado das eleições presidenciais do ano anterior. O irônico disso tudo é que **"... eu era o único negro no momento da detenção, e concordava plenamente com as eleições daquele ano. O candidato no qual havia votado tinha vencido. Talvez eu estivesse com uma garrafa de vinagre na hora errada nas mãos?"**, ironiza, com bom humor, Seu Nelson. Os outros dois detidos, também negros, confessam serem vítimas de retrato falado equivocado. Gregório se constrange no meio da conversa, pois é o único que possuía razões concretas para estar ali detido. A brincadeira mortal na Avenida Contorno configura-se como desordem seguida de morte. **"Seus amigos foram liberados. Você entende porquê?"**, pergunta um dos detentos mais novos da cela. Gregório fica em silêncio. **"Certamente a ideia foi sua de iniciar o jogo perigoso na pista."**, complementa o segundo detento. **"Não foi!"**, defende-se Gregório. Seu Nelson acena para que os outros dois detentos não insistam nessa história. Gregório levanta-se e vai até o gradeado da cela. **"Não sei de onde eles deduziram que eu fui o responsável. Mas, em todo caso, os meninos precisavam acompanhar a questão com o corpo de Carlos."**. Gregório estava abalado, mas não sabemos se pela morte do amigo de adolescência, ou pela vacância de entendimento de sua detenção. Seu Nelson começa a contar a história de uma antiga civilização onde um cidadão questionou uma acusação aparentemente injusta contra ele. Ele realmente não havia feito nada contra ninguém, e, de repente, o sistema o colocou no centro de uma trama conspiratória que visava acabar com toda a organização social daquele lugar. Os argumentos e provas eram tão bem desenhados, que o próprio cidadão começou a duvidar de si mesmo. Ele passou a acreditar que talvez ele tivesse feito toda a conspiração. Assumiu uma identidade que se mostrava adequada aos fatos apresentados. **"Mas ele não havia feito nada!"**, protesta o detento mais novo. **"Exato. A identidade

original dele não havia feito nada. Mas a sua nova identidade, sim!". Todos ficam em silêncio em um misto de não entendimento e compreensão absoluta. Logo depois, abrem uma gargalhada em cumplicidade com algo que estava no ar. Gregório é o último a aderir a sessão de risos. Ao longo da noite, a roda de conversa torna-se descontraída com o modo *griot*[3] de Seu Nelson, que se mostra muito carismático.

Gregório adormece na cela da delegacia. Ao acordar, ele vê a porta da cela misteriosamente aberta. Seu Nelson e os outros dois detidos dormem profundamente. Por um momento, afetado pelo sentimento de gratidão e parceria, ele decide despertar os colegas de detenção para que possam fugir também. Mas esse sentimento logo passa e desiste de acordá-los. Gregório, em passos de pluma, sai da cela. Ao chegar na sala principal do departamento de polícia, não encontra vivalma. **"Talvez todos tivessem ido pra casa? E quem abriu sua cela?"**, pensa Gregório. Detém-se na sua foto em branquitude como desaparecido no mural central. Ao passar pela saída da delegacia, a luz da lua rebatida no vidro da porta desenha o reflexo de um Gregório negro, *"o ser-humano acaba por se tornar aquilo que mais rejeita"*, ouve em memória, a voz de Seu Nelson. Por algum momento, até achou que o velho *griot* estaria por ali. Ele sai calmamente da delegacia, não sem antes perceber uma outra lagartixa, dessa vez maior,

---

3 **Griot** é um modo narrativo africano onde os mais velhos transmitem seus conhecimentos e experiências de vida aos mais novos. Os modos de fala, gestos e expressões faciais do Griot, assim como a ambientação, terminam por fazer parte dos conteúdos e histórias compartilhados.

e com a coloração mista entre o preto e o branco, pois estava sobre o vidro da porta de saída. A lagartixa foge por algum buraco. Gregório ao ver a rua deserta na madrugada, corre ansioso pelas avenidas da cidade como sem saber para onde ir, sempre observando seus braços negros, e sentindo com as mãos seus traços robustos e enegrecidos do rosto cada vez que enxuga o suor que começa a expelir em detalhe lustroso de sua pele escura. De repente, Gregório ouve gritos ao longe. Não conseguimos ver quem é: **"Pare, aí! Vamos atirar!"**. Gregório corre ainda mais veloz. Agora, ouvimos tiros contra Gregório, que é atingido, e cai alvejado ao chão.[4]

Gregório acorda encharcado de suor, na velha cama de cela da delegacia. Era um outro pesadelo. Ao seu lado, Seu Nelson e os dois detidos observam atentos. É manhã cedo, na cela que, com a luz do dia, parece ganhar novas cores nas paredes, como se fosse uma nova cela, ainda que fosse a mesma da noite anterior. Seu Nelson oferece uma xícara cheia de café para Gregório, que suspira cansado. Sob a escuta dos outros dois detentos, com uma sinceridade extrema, ele relata a transformação étnica e todo o mistério que envolve o enegrecimento de sua pele e de suas perspectivas. Em forma de silêncio, o olhar de Gregório consegue perguntar ao velho *griot* da cela, Seu Nelson, como reverter esse quadro? Como voltar a ser quem ele era? Seu Nelson pega a xícara vazia das

---

[4] Referência às abordagens seguidas de morte de jovens negros e negras no Brasil. Segundo estatísticas e dados da ONU, no Brasil, morre um jovem negro/negra a cada 23 minutos.

mãos de Gregório. Gira para o chão como que mostrando que não existia mais café para beber naquele recipiente. Sob o olhar atento do ex-negro, o velho griot coloca a xícara numa mesinha. **"Quando as coisas acontecem, elas geram transformações. Não acredito que temos o poder de fazer com que as coisas sejam novamente como elas foram. O tempo não passa. O tempo é. Logo você vai enxergar e compreender que nada passou. E que tudo sempre foi o que nunca deixou de ser."** Seu Nelson tenta colocar mais café na xícara vazia de Gregório. Mas ao abrir a garrafa térmica, ele percebe que o café acabou. Então, ele troca um olhar fraterno com Gregório, com um leve sorriso nos lábios.

O policial surge e anuncia que tem duas pessoas que vieram visitar o ex-branco. Na sala principal da delegacia, Solano e sua irmã, Edda, acertam a soltura, sob o olhar atônito de Gregório. **"Putz, ele contou pra irmã a minha *pretamorphosis*!"**, pensa Gregório. A embranquecida Edda olha extasiada para o irmão preto. É a primeira vez que ela encontra o primogênito naquela condição. O espanto é contido pela postura de advogada que a situação impõe. A troca de olhares revela entre si algo de novo na relação. A intimidade fraternal de ambos agora está mediada por uma racialização que se exprime para além da superfície epidérmica. Em que se constitui o enegrecimento de um sujeito?[5] Qual o lugar do

---
5 SOUZA, Neusa Santos. Tornar-se Negro, Ed. Zahar.

negro na sociedade? Quais os lugares que a irmã branca, Edda, impõe à negritude nesse jogo social do mundo real prático de Gregório? Certamente o espanto da irmã redimensiona o espanto de Gregório, deslocado como que uma peça trapaceada na séria brincadeira da vida.

Edda leva o irmão para casa da família branca. Mas o ex-branco é impedido de entrar. Na verdade, existe mesmo uma resistência do próprio Gregório em entrar na casa naquela condição enegrecida. Uma resistência de ambas as partes resultante de uma contraforça desconcertante, que faz Gregório aguardar na varanda da casa junto com o cachorro, Eddy, uma espécie de conferência familiar sobre sua reinserção. Na reunião de família, Edda devassa a situação para os demais que, em princípio, não entendem aquela súbita *pretamorphosis* como uma realidade prática. Na sequência, eles aceitam a condição negra de Gregório, mas não permitem que ele volte a morar na "grande casa". A mãe, Dona Eva, ainda insiste com o irmão mais novo, Bruno, que conclui: **"... ele está muito vulnerável sendo negro! Pode acabar como Rafael que tá preso por minha causa!"**. O veredicto final de Seu Benito, o pai, é o de a família poder ajudar à distância até que a misteriosa situação da epiderme se resolva. **"Nesse meio tempo, o Bruno me ajuda com a loja de móveis de madeira"**, define o patriarca. **"Me tire dessa!"**, manifesta-se imediatamente Bruno, **"Melhor aguardar Gregório voltar para casa."**. Climão em família. Bruno levanta-se da mesa.

Gregório volta a morar com o colega negro, Solano, e esconde dele o desastrado e trágico reencontro com os amigos de adolescência. Finalmente questiona Solano sobre a foto com uma misteriosa família branca no ímã da geladeira. Solano foi adotado, e cresceu no meio de uma família branca, no interior da Bahia, na cidade de Monte Santo, aquela onde Glauber Rocha filmou *Deus e o Diabo na Terra do Sol*. De alguma forma, o título que trabalha com a aproximação de opostos do cineasta baiano, o intrigou naquele momento. Nunca havia pensado sobre essa antinomia. A convivência de opostos é algo que gera resultados reflexivos, o que certamente surge de modo proposital no título daquele filme sessentista. Mas não na insistente dupla subjetividade de Gregório neste momento, composta de características negras e brancas alojadas ao mesmo tempo numa mesma pessoa. Solano complementa que Monte Santo foi uma cidade bastante embranquecida, o que o levou a se mudar para a capital com intuito de completar seus estudos e criar novos laços. Solano revela que vive em busca dos pais biológicos negros, e que o fato de ter crescido no seio de uma família branca tensiona uma crise de identidade que se resolve no cotidiano da cidade de Salvador. **"Mas Salvador também é dominada por branquitude"**, questiona Gregório. **"Depende pra onde você olha, Greg! 83% da população daqui é preta, rapaz! Você fazia parte dos 17%".** No fundo, Gregório ainda se sente pertencente ao pequeno grupo embranquecido da cidade soteropolitana. Difícil abrir mão de privilégios artificialmente instituídos como os da branquitude de uma cidade que se torna convenientemente negra em certos períodos do ano como forma de movimentar e capitalizar a economia local. O fato é que Gregório e Solano, cada um a seu modo, vivem a tensão da encruzilhada entre a branquitude e negritude.

No emaranhado desses pensamentos, Gregório retoma as investigações sobre seu repentino enegrecimento. Afinal essa teria sido a missão dada pela família para adquirir novamente passe livre de entrada na "casa grande" dos parentes. Qual teria sido a razão efetiva desta *pretamorphosis*? De que forma isso aconteceu? E a possibilidade crível deste fenômeno? Embranquecimento talvez seja algo socialmente mais provável pelas seduções superficiais do mundo real prático e extremista. Mas no que consistem as seduções sociais de um enegrecimento em um mundo predominantemente necropolitizado?[6]

Na busca de resolver esse mistério e recuperar a sua identidade perdida, Gregório decide novamente ir para aquela Festa *Black Lounge* no apê de luxo de um bairro nobre de Salvador, onde tudo começou. Aquele apê que estava na sua carteira de corretor de imóveis. Conversando com alguns convidados da festa, ele descobre ser um evento recorrente que reúne um mesmo grupo de pessoas em uma espécie de

---

6 MBEMBE, Achille. Crítica da Razão Negra. Ed. N-1

confraternização de algo que ninguém sabe ao certo do que se trata. Entre um *drink colorido* e outro, ele encontra a mesma garota que viu na frente de um bar com *drink* colorido dias atrás. É a negra Lamijad. Ela se apresenta como uma produtora de conteúdo digital com temáticas de negritude, uma *influencer-ativista* com mais de quatro milhões de seguidores nas redes sociais. Pinta um clima entre os dois no meio da Festa *Black Lounge.* Gregório confessa para Lamijad que nunca tinha ficado com uma mulher negra antes. Ainda sem revelar a sua antinomia subjetiva que flutuava entre uma súbita branquitude sequestrada e uma admirável nova negritude, a conversa com Lamijad torna-se complexa e ao mesmo tempo divertida. No fundo, acontece uma espécie de aprendizado invisível, em que Gregório consegue de forma sedutora ter acesso a recantos preciosos de uma subjetividade negra e feminina. Os conflitos de ideia emergem de modo muito elegante entre ambos; o que surpreende o próprio Gregório que sempre foi acostumado a arroubos de ilocução sempre que algo ameaçava a sua postulação de pensamento. Costumava falar mais alto sempre que os argumentos lhe fugiam à mente por exemplo. Algo estava se transformando. E ele percebia isso naquele momento com a bela Lamijad. Mais *drinks* coloridos são ofertados pelo Garçom que hoje se apresenta realmente como o único branco no apê de luxo. Até que num determinado momento, Lamijad manda essa: **"Você e seus familiares? Como lidam com essa supremacia branca que se acredita dona de uma**

cidade completamente negra como Salvador?". Um enclave se apresenta de modo desequilibrante para Gregório. Ele caminha até a varanda com bela vista para a Baía de Todos os Santos. O vento sopra como que tentando dar uma pista de resposta para o ex-branco. Em outros tempos ele daria meia volta e iria embora sem perder tempo com conversas filosóficas. Mas para além do seu interesse amoroso por Lamijad, intuitivamente algo começou a alertá-lo sobre a importância de encarar essas questões quase sempre jogadas debaixo do tapete da sala das grandes casas. Lamijad se aproxima por trás, e sente o cheiro de Gregório misturado à salgada brisa do mar de Salvador. Não foi preciso mais tempo na Festa *Black Lounge*. Eles terminam a noite juntos no apê de Lamijad. Entre *drinks* coloridos e muita conversa descontraída, vivem uma noite intensa de corpos que se encontram deliciosamente de modo acidental a todo instante. Resolvem repetir nos dias seguintes.

Uma noite, Gregório é aconselhado por Solano, que ainda não sabe o nome da misteriosa garota com quem Gregório está saindo, a revelar a sua crítica *pretamorphosis* para a mais nova ficante. **"As verdades são sempre bem vindas no início de relacionamentos."**, ironiza Solano. **"Aprendi em tutoriais de vídeos sobre relacionamentos razoavelmente prolongados."** Gregório então decide falar para Lamijad sobre a sua *ex-branquitude*. Mas... desiste na hora "H" e inventa ser filho adotivo de uma família branca. Mais uma vez toma de empréstimo a identidade do colega preto, Solano. A identidade itinerante torna-se uma dominante em Gregório. Essa transitoriedade identitária é recorrente no mundo contemporâneo. Podemos nascer homem e morrer mulher. Itinerar de modo fluido por subjetividades adquiridas no percurso de vida é uma constante, principalmente nas juventudes. Mas Gregório retorna ao ponto de partida identitário. Ele confessa sobre sua dificuldade com a família embranquecida. Lamijad diverte-se ajudando a lidar com esta questão através de conselhos de auto-ajuda digital em modo ultra-presencial, ou seja, em meio a encontros íntimos. Às vezes, ela fala com Gregório como se estivesse conversando com quatro milhões de seguidores. É comum os *influencers* assumirem este modo de ilocução no cotidiano prático da presença. Ambos riem sempre que percebem Lamijad assumir esse modo de fala. Em contrapartida afetiva, ela sempre pede orientações de Gregório, que é um aspirante a gestor de crises de *influencers* nas Redes Sociais; assunto de sua pós-graduação. **"A vida é um constante toma lá dá cá!"**, diz Lamijad com sorriso radiante deixando as coisas em um confortável lugar de possível mudança de ideia. Ela confessa finalmente que tem sido cancelada nas redes por ter postado recentemente uma foto TBT de um ex-namorado branco com quem ela se relacionou tempos atrás. Como ela é envolvida com o movimento negro digital, isso causou um certo desconforto e intenso debate no seu perfil das redes. Essa contenda iniciou uma intermitente perda de seguidores ao longo dos últimos meses.

Ela segue as dicas de Gregório. E termina por perder ainda mais seguidores. Lamijad passa a duvidar que seu "namorido" possa resolver esta crise digital. **"Isso parece ser recorrente entre vocês?"**, pergunta ele, confundindo-se repentinamente com sua antiga branquitude. **"Vocês quem?"**, intriga-se Lamijad. **"Quero dizer com a gente! É que um amigo meu está passando por um problema parecido."**, diz, se recordando do Solano que relatou dificuldades de engrenar um namoro com uma jovem negra que somente namora brancos. **"Mas este não é o meu caso!"**, defende-se Lamijad. Ela complementa seriamente que ele não é o primeiro namorado negro na vida dela, como as pessoas tem afirmado nas redes sociais, **"... é tudo fake news, Greg! Estão se aproveitando disso pra desestruturar uma plataforma antirracista legítima!"** Gregório surpreende-se. Em um quarto cheio de livros de pensadores e pensadoras da negritude nas estantes e espalhados pelo chão, numa versão expandida do pequeno quarto do apê de Solano, onde Gregório se abriga, ela diz que estão se utilizando de um antigo namorado branco para darem a entender que ela sofre daquilo que Frantz Fanon[7] apresenta como ferida da subjetividade preta, **"... pretos que**

---

7 *PELE NEGRA, MÁSCARAS BRANCAS* de Frantz Fanon (ed. Edufba)

enxergam a branquitude como símbolo de sucesso!". Diz que ainda que não seja uma radical neste ponto, tem se relacionado romanticamente com homens negros ao longo dos últimos anos, **"... e tento me desviar das seduções deste mundo ocidental embranquecido. Acho que minha vida amorosa pode, sim, ser uma barricada política. Não imponho isto a ninguém nas redes sociais! Aliás isso não deve ser uma regra das relações amorosas de ninguém. Mas eu submeto minha vida íntima nesta luta por opção! Por isso acho injusto pegarem uma foto antiga de um ex-namorado branco e fazerem conclusões precipitadas. Desonesto!"**. Gregório preocupa-se com essa postura, e pergunta: **"Você namoraria brancos hoje em dia?"**. Lamijad olha Gregório no fundo dos olhos, numa pausa eterna. Finalmente ela acena negativamente com a cabeça. Gregório engole seco a saliva e ouve em memória a voz do amigo Solano: **"As verdades são sempre bem-vindas no início de relacionamentos"**. Gregório caminha pensativo até a janela. Contempla a enorme lua branca lá fora. Respira fundo e diz: **"Preciso lhe contar uma coisa!"**. Mas antes que ele consiga terminar a frase, Lamijad rouba-lhe um profundo beijo. Iniciam uma transa impensada sob o olhar atento de uma pequena lagartixa branca posicionada no teto do quarto de Lamijad. Um poster imenso de Malcolm X em um discurso congelado, testemunha pactos intimamente subjetivos entre uma negra e um ex-branco. .

7. UPGRADE DE NEGRITUDE

Numa conversa íntima de cozinha no seu pequeno apê, Solano conclui que é hora do ex-branco Gregório fazer um *upgrade* de negritude. À noite, vão para o *afrobunker Hooks*[8], um espaço cultural onde acontecem *black-stand-up-comedies*, shows musicais, e performances divertidas estimuladas por questões socialmente racializadas. Os *afrobunkers* surgem naquele momento como um movimento que dialoga lateralmente com aquilo que o mundo ocidental vem chamando de *soft powers*. Aliás muitos procedimentos ocidentais surgem como novidades subnotificadas. Não são o novo irrompendo-se no cotidiano mundial, mas dispositivos eficientes de culturas subjugadas que, por estarem finalmente presentes nas correntes capitais, adquirem uma nova embalagem e se inediditizam-se artificialmente. O movimento que Solano apresenta a Gregório naquela noite, e que se camuflava como baladas, trabalha justamente com o desmascaramento desses falsos

---

8 Termo irônico criado a partir da adaptação cinematográfica do livro "Namíbia, Não!" (Ed. Perspectiva) do autor deste conto (Aldri Anunciação), em longa-metragem intitulado "Medida Provisória" dirigido por Lázaro Ramos que permaneceu oito meses nas salas de cinema do Brasil em 2022 em produção da Larybe Filmes, Lata Filmes, Globo Filmes e Melanina Acentuada Interactions. O termo é uma atualização debochada dos antigos quilombos.

ineditismos tanto na cultura *pop* do cinema, teatro e televisão, como nos conceitos ditos filosóficos e teóricos que rezam os modos ocidentais. Rodas de conversa que de modo divertido e irônico desvelam cenas icônicas da realidade e da ficção. Como a famosa cena de John Travolta caminhando ao som de uma música dançante no filme *Os Embalos de Sábado à Noite* foi devassada no *afrobunker hooks*[9] como uma cópia pastiche da cena de abertura de um filme do movimento *Blaxploitation* do cinema americano que sugava e explorava a temática e presença negras nas telas norte-americanas do início da década de setenta estadunidense. Solano explica para Gregório, esse conceito de retomada de valores estéticos e poéticos que os *afrobunkers* silenciosamente faziam nos recantos da cidade de Salvador naquele momento. Alguns diziam que o movimento estava se expandindo por outras capitais brasileiras. Mas que surgiu nas terras onde historicamente ocorreu o maior número de levantes negros dos século XVIII e XIX no Brasil.

Logo na entrada do *afrobunker hooks*, que estrategicamente não possui a tradicional placa luminosa de estabelecimento, como maneira simbólica de se ajustar aos segredos de movimentos, Gregório reconhece na função de *barman*, Antônio, que durante o dia é o porteiro do Curso da Pós. Cumprimentam-se à distância pelo olhar, e, nesse instante, Gregório entende a cumplicidade de Antônio naquele primeiro

---

[9] Hooks surge aqui como referência à pensadora norte-americana bell hooks.

dia em negritude. Na sequência, Gregório é apresentado por Solano ao poeta e comediante Silvio, ao cabeleireiro-trans de bairro periférico Clóvis e a Abdias, um administrador de empresas, gay, sócio de Clóvis e Silvio[10] neste *afrobunker*.

Naquela noite, Gregório fala aos novos amigos sobre a experiência na cela de uma delegacia. **"Fique esperto caso contrário a delegacia passa a ser o seu quarto de dormir, rapaz!"**, diverte-se o comediante Silvio. Gregório confunde-se ao explicar como conseguiu ser solto. Esconde o fato da morte de seu amigo branco, Carlos, no jogo perigoso da Avenida Contorno, e ainda quase revela a sua preta*morphosis*. Essa transformação era algo ainda muito misterioso para conversar com outras pessoas. O fenômeno, ao mesmo tempo que parecia algo mágico, era muito real e concreto na vida e pele de Gregório. Como explicar algo assim? Talvez o *afrobunker hooks* fosse o lugar adequado para devassar essa transformação epidérmica. Mas não naquela primeira noite. Solano concorda com o receio de Gregório através do olhar. A aproximação dos dois estava atingindo esse nível de comunicação que dispensa palavras. Em um clima descontraído, Gregório conta para o grupo sobre a situação injusta da detenção de Seu Nelson, o *griot* da cela. Enquanto isso, Solano resolve se divertir na pista de dança com um *drink* colorido à mão. Gregório percebe, então, que os *drinks* servidos

---

10 Os nomes dessas personagens são uma referência a três pensadores de assuntos da negritude brasileira de diferentes gerações: Abdias do Nascimento (2014-2011), Clóvis Moura (1925-2003) e Silvio de Almeida (1976-)

naquele lugar são muito similares aos da Festa *Black Lounge* do apê de luxo. Em um determinado momento, e relaxado com os *drinks* coloridos na mente, Gregório escapole uma piada "de preto"[11]. Leve constrangimento no ambiente. Ele desconversa perguntando sobre a origem do nome desse tipo de lugar. **"Afrobunkers foram espaços criados para resistência de uma Medida Provisória racista que foi outorgada pelo Estado na década passada. A Medida exigia que todos negros e negras nascidos no Brasil retornassem a um país da África como forma de reparação social. Surgiram inicialmente aqui em Salvador"**, explica Abdias. Gregório não se recorda desse episódio da Medida Provisória 1888. A turma estranha o seu desconhecimento de um fato tão marcante e perigoso para a comunidade negra. Chegam a desconfiar que ele não morava no país naquele momento. **"Você já se olhou no reflexo do reflexo?"**, pergunta Silvio. **"Como assim?"."O reflexo do reflexo nos revela uma camada de nós mesmos que não conseguimos enxergar no cotidiano prático. Por exemplo, se olha no reflexo do celular através do reflexo no copo. Ali está você. Talvez, não observar esse desdobramento do seu reflexo, fez com que você não percebesse a Medida Provisória 1888. Mas isso agora é passado!"**. Gregório

---

[11] Piadas com teor racista.

não entende absolutamente nada do que Silvio fala. Mas certamente a palavra reflexo duplicado o faz revisitar lugares e experiências em branquitude. É como se, por trás daquele conceito, estivesse a ideia sugestiva de pensarmos duas vezes antes de agir ou julgar, diminuindo assim o componente de possibilidade de geração de preconceitos. Gregório sentia como se estivesse tendo uma segunda chance de repensar tudo aquilo que ele disse na vida até aquele momento. A reflexão dobrada da imagem sugerida por Silvio, o fez caminhar por terras nunca antes observadas pelo seu olhar. E isso é inerente ao componente físico do ser humano. As vistas localizadas na frente dos olhos nos limitam a um campo de visão restrito que muitas vezes nos impede de considerar os lados e fundos das coisas e fatos. Esse pensamento não é "passar pano" nas fissuras e rachaduras morais dos seres humanos, mas reconhecimento de falhas. Reconhecer essas fraturas talvez articule uma ligação com o dispositivo da empatia que nada mais é que se adoecer pelo outro. Certamente isso passa pelo alcance do nosso campo de visão quando observamos as coisas duplamente como numa autenticação em dois fatores de todas as nossas conclusões sobre as coisas e fatos. Talvez por isso, o reflexo do reflexo sugerido por Silvio no *afrobunker hooks* tenha uma função prima de revisitação dos conhecimentos aparentemente absolutos da realidade. Justamente nesta curva de pensamento que o Gregório circulava naquele momento dentro de um espaço cultural autodenominado de *afrobunker*, certamente turbinado por algumas doses de *drinks* coloridos. Aproveitando que todos seguem numa deliciosa conversa, Gregório pega um copo de vidro com *drink* e observa para além do reflexo de sua imagem plasmada no copo. Pega o celular, e tenta processar o reflexo de sua imagem no reflexo duplicado da tela de vidro do seu celular. Antes que ele consiga ver o que revela o reflexo do reflexo, Solano grita sorridente da pista de dança: **"Gregório, chega mais aqui, rapaz!"**.

Gregório junta-se a Solano na pista de dança, e termina por descobrir um ritmo corporal que desconhecia ter. No palco do *afrobunker hooks*, uma banda *cover* de Bob Marley anima o ambiente com versões *reggaeton* da canção do jamaicano. De repente, Gregório sente novamente a estranha tontura que acontece desde quando iniciou a *pretamorphosis* e confunde em imagens o *afrobunker* com a festa *Black Lounge* do apê de luxo que tentava alugar como corretor de imóveis no início desta história. É quando, em alucinação, ele vê, ao longe, Lamijad dançando, **"Como assim? Ela frequenta esse lugar?"**. A canção de Sade Adu, da Festa *Black Lounge*, se mistura-se na cabeça de Gregório ao som ao vivo das versões *reggaeton* de Bob Marley, no palco do *afrobunker*. É como se os dois lugares se fundissem num mesmo espaço. Os sofás luxuosos do apê, agora estavam ao lado das poltronas grafitadas e coloridas do *afrobunker*. Gregório não sabe mais se está na Festa *Black Lounge* do apê, ou no *afrobunker*. No teto, várias lagartixas brancas e pretas passeiam como que à procura de algo. Elas atiçam a sua herpetofobia[12] de Gregório. Na sua alucinação, Lamijad está muito animada e com um *drink* colorido à mão. De súbito, ela reconhece o ex-branco. Ela se alegra e caminha animada até ele. Gregório, em tontura, olha para o lado, e vê Solano, Abdias, Clóvis e Silvio dançando na Festa *Black Lounge* com vistas para a Baía de Todos os Santos. **"Como eles estariam no apê de luxo? Onde estou?"**, pergunta-se Gregório em vertigens. Sua visão está em uma espécie de *slow-motion*. Lamijad, que surgiu do seu imaginário, continua alegre caminhando em sua direção no *afrobunker*. É quando, no meio do caminho, ela se transforma fantasticamente em Ana, a sua namorada branca, **"O quê?!"**. O ambiente volta subitamente ao normal, deixa de ser a Festa *Black Lounge* e torna-se novamente a festa do *afrobunker*. A varanda com vistas ao mar some. Ana, que até pouco tempo era Lamijad, na sua alucinação, sorri para Gregório, e continua em sua direção. Ao trombar com Gregório, Ana não o reconhece. Na verdade, ele descobre que ela não está indo em sua direção. Ana dirige-se a Solano, que está por trás de Gregório, no balcão do bar pedindo mais um *drink colorido*. Ana se aproxima de Solano e surpreendentemente tasca-lhe um longo beijaço. Gregório atordoa-se mais ainda ao ver a namorada branca beijando o amigo negro, **"O que é isso?"**.

No auge da tontura, Gregório se descontrola e avança

---

12 Medo de répteis ou animais rastejantes.

violentamente em ciúmes contra Solano e Ana. Agora não há alucinação. É tudo real. Ele percebe que estão todos no *afrobunker* e a presença de Ana é algo misterioso para ele, ainda que ela seja uma estudante curiosa de sociologia e que se excedia, segundo ele, em estudos sobre relações humanas. Gregório tinha a impressão de que ela queria ser a salvadora da pátria social, na busca eterna pela plena relação pacífica entre etnias. Coisa que ele sequer refletia como algo necessário. Na confusão desses pensamentos alimentados por emoções, Gregório inicia uma espetacular luta com Solano no meio da pista de dança. Solano não entende o porquê da agressividade do ex-branco. Silvio, Abdias e Clóvis tentam apartar os dois. Ana começa a reconhecer que trata-se de Gregório enegrecido e entende a confusão: ciúmes.

Ânimos acalmados, os três conversam na poltrona grafitada do *afrobunker hooks* em tom alto devido ao som da banda que retoma o show de *reggaeton*. Ana revela que conheceu Solano recentemente, quando tentou encontrar Gregório no curso da Pós. Ela confessa estar confusa pois não se sente mais atraída por Gregório na condição de negritude. A revelação é constrangedora, sobretudo por estar na frente de Solano. **"Mas você tá atraída por ele, que tambem é negro!"**, intriga-se Gregório. Solano, por sua vez, diz que não sabia que ela era a Ana, da tatuagem na nuca, de Gregório. **"Eu era namorada dele quando ele estava na condição *white!*"**, defende-se uma envergonhada Ana. **"E você ainda**

tem a coragem de dizer que estuda Sociologia na Universidade", alfineta Gregório, que inicia uma discussão acalorada com Solano ao som da musicalidade de Bob Marley, ao fundo, cantando *Redemption Song*. É quando percebem que Ana não está mais sentada na poltrona grafitada do *afrobunker*. Ela tinha fugido embaraçada com a situação. A tontura de Gregório se intensifica, e ele desmaia.

Gregório acorda na fila do hospital público. Com dificuldades, diz possuir carteira de saúde. **"Seu plano está interrompido por falta de pagamento. Ideal aguardar aqui a regulagem de atendimento pelo SUS"**. Gregório estranha todo o procedimento de triagem médica e pede para que Solano o leve para casa, sem ter recebido o atendimento. Ao se levantar, detém-se em uma lagartixa negra sobre o vidro fumê da porta do hospital. Sobreposta ao pequeno réptil, o reflexo de sua imagem em negritude. **"Perceba o reflexo do reflexo. Ali você encontrará a resposta pra muita coisa!"**. A voz de Silvio ecoa em lembrança. Ele retira o celular do bolso para replicar o reflexo de sua imagem no vidro fumê, mas Solano, irritado, puxa-o, abruptamente, levando-o embora. A lagartixa negra corre para um recôndito escuro do hospital.

No pequeno apê, Solano cuida de Gregório. Concluem descontraidamente que, na luta, o ex-branco levou a pior. Gregório conversa abertamente sobre Ana, e ainda sobre as dificuldades na corretagem de imóveis desde que ficou negro. O dinheiro está acabando. Sobre Ana, Solano justifica-se,

"Foi apenas um lance casual. Na verdade, meu *crush* continua sendo aquela garota que te falei. Aquela que namora somente brancos". No fundo, ele não sabe ao certo sobre essa questão da garota. Os relacionamentos inter-raciais ainda são uma questão que, para Solano, apresenta-se de modo distrativo, algo que desvia a atenção para o verdadeiro enclave racial que se apoia mais na rejeição do que na aproximação. Em verdade a questão de relacionamentos entre negros e brancos é um problema quando se constitui em fator de substituição, **"Quando um negro ou negra substitui a parceria negra pela branca, quando experimenta uma mínima ascensão social."**, conclui Solano. **"Mas ela fez isso?"**, interessa-se Gregório. **"Não sei ainda".** Solano supõe que a garota namora somente brancos com base no seu perfil de redes sociais. **"Você acredita mesmo que nossa identidade é definida pelos algoritmos das redes?"**, Solano surpreende-se com a repentina perspicácia de Gregório. Sua jornada começava a dar sinais de resultados empáticos. **"Não sei, Gregório! Esses dispositivos são comandados por nossos dedos opositores. Essas extremidades dos dedos"**, observa as próprias mãos, **"Eles conduzem nossas vontades. Talvez não seja exatamente a rede social definindo nossa personalidade real. Mas nossos cliques dizem muito de quem somos. Você sabe disso!"**, Solano retira o celular do bolso e acessa rapidamente o perfil de rede social da garota abraçada com um rapaz branco. **"Olhe isso! Talvez eu esteja me deixando levar por um exagero de ciúmes. Como você hoje no *afrobunker*."** Solano mostra a foto no perfil de rede social da garota por quem ele tem um imenso *crush*, e surpresa: É Lamijad na foto do perfil. A garota negra com quem o ex-branco tem saído. Constrangido, Gregório não sabe o que dizer.

8. BRANCAMORPHOSIS

Gregório visita um prédio espiralado com arquitetura contemporânea e cores azuis e brancas. A engenharia de concreto do prédio direciona o olhar de quem está à frente, para o céu. Não é uma igreja instituída. Mas essa organização se propõe elevar todos os seus seguidores para um pensamento de união e fraternidade, com vistas a fomentar o exercício de uma espiritualidade. O contraditório é que, nas suas palestras, fala-se muito em evolução material e capital. Pregam uma felicidade terrestre, para um posterior bem-estar ancestre. O respeito mútuo é um dos alicerces de seus mestres condutores, assim como a busca por um ideal de igualdade entre todos os seres. É uma organização quase secreta e vale reiterar que não se trata de qualquer religião que se tem notícia no Brasil. De modo que até o seu nome é algo pouco difundido. Não tinha placas na entrada. Não possui livros sagrados ou escrituras articuladas de modo a seguirem uma cartilha. As atividades eram todas oralizadas, de modo a não produzirem rastros de conhecimentos, e possibilitarem, assim, o reforço dos seus mistérios e segredos que se supunham por um mundo melhor. A família de Gregório é uma adepta dessa secreta organização humanística. Normalmente, frequentam suas palestras e orações. Costumam estar presentes aos sábados à noite e os encontros quase sempre eram seguidos de músicas e bebidas não alcoólicas. As lembranças de infância de Gregório guardam momentos divertidos deste lugar. Começando pelas brincadeiras em relação ao formato do prédio, que lembra os desenhos animados futuristas que ele, Edda e Bruno assistiam quando crianças. Quando adolescentes, passaram a participar de aconselhamentos com as diversas assistentes sociais que estavam sempre à disposição das famílias nessa organização. Bruno terminou, inclusive, se envolvendo amorosamente com a filha de uma dessas conselheiras. O término de namoro do Bruno acabou sendo conduzido por Seu Benito, que entendeu que o filho passou a frequentar a organização apenas para se divertir amorosamente. Outro fato marcante, foi o dia em que Edda encontrou um cachorro abandonado na frente do prédio da organização e o adotou, passando a ser um querido da casa; o cachorro Eddy.

Embalado por essas lembranças, Gregório, na sua angústia por conta da *pretamorphosis*, resolve visitar a organização humanística que tanto pregava pela igualdade e pelo tratamento saudavelmente mútuo entre os seres. Ao entrar nesta noite de sábado no prédio estiloso da organização, ele percebe que é o único negro no ambiente. Algo que nunca havia reparado antes. Nunca tinha refletido sobre o fato de não encontrar diversidade humana naquela organização humanística ao longo de toda sua infância e adolescência.

Naquela noite, sob olhares indiscretos dos fiéis, Gregório sente-se incomodado ao passar pelos corredores. Ao cruzar o longo vão que vai dar na sala de assuntos sociais da igreja, ele para à frente de um grande espelho que reveste a parede. Observa a si próprio refletido. **"Estou completamente negro!"**, sussurra para si mesmo, ensaiando uma possível fala para a assistente social daquela misteriosa organização tão familiar a ele desde quando se entende como gente. Talvez ela pudesse revelar algo que explique esta metamorfose. Lembra mais uma vez do conto místico: "**A gente sempre se torna aquilo que mais rejeita**", dessa vez na voz-memória de Solano. Ele segue firme pelo longo vão de pé direito alto e iluminado por luzes fortes que dão a impressão de estar indo pro céu.

Na sala social, encontra Júlia, uma assistente social embranquecida que recebe Gregório de forma simpática e irônica. Antes de iniciar a conversa, uma pequena lagartixa escurecida pela madeira preta, surge na mesa de Júlia. Ela observa a pequena, e, com ligeireza, consegue pegar a lagartixa com uma única mão. Ela agiu com a mesma velocidade que se usa pra tentar pegar uma mosca. Caminha calmamente até a janela, abre a mão, e joga fora a lagartixa escura fechando a janela com ar de repugnância. Ela volta pra mesa com Gregório que observa tudo com certo espanto pela reação animalesca da funcionária da organização humanística. Júlia conversa com ele sobre as implicações espirituais da pele negra: **"Entenda, Gregório, que apesar disso, a misteriosa energia divina olha para seus filhos como se eles não tivessem qualquer problema!"**. Júlia se mostra cheia de boas intenções frente à negritude do então novo fiel integrante da igreja. Pelo menos ela achava que ele era novato. Por um breve momento, ela parece reconhecer que Gregório é filho de Dona Eva. Ele se assusta, **"Como ela saberia da minha *pretamorphosis*? Eu ainda não falei nada sobre isso!"**, articula em diálogo interno. Alarme falso. Na verdade, ela quer saber se **"... o seu pai trabalha na equipe de logística de limpeza da Organização?"**, pergunta Júlia. **"A senhora deve estar me confundindo."** Nesse momento, um arrependimento toma conta de Gregório. Ele não consegue mais ouvir as palavras pronunciadas por Júlia que se tornam sons inaudíveis como que em um pesadelo. Gregório sai de súbito da sala social da Organização. Passa depressa pelo corredor de espelhos, e, dessa vez, evita olhar os reflexos de sua imagem. Senta-se com respiração alterada numa das cadeiras do templo. Começam o que eles chamam de palestras instrutivas para o ser-humano em busca de igualdade. Ninguém o pede para sair do templo, mas Gregório sente-se rejeitado naquele ambiente. Em meio à palestra dura e seca de um senhor idoso, com aparência austera e de pouca paciência, ele resolve retirar-se daquele prédio com aparências futuristas de um desenho animado qualquer de sua infância. Ainda na saída, esbarra-se novamente com Júlia que pede de modo gracioso para ele ficar. Mas ele praticamente foge daquela organização humanística.

Na frente da organização humanística, ele ainda percebe a lagartixa preta jogada janela afora pela assistente social da Organização, sumindo ligeiramente em um buraco da rua. É quando ele percebe surgirem apressados, seu pai e sua mãe. Tensão. Eles vêm na direção de Gregório. Mas na pressa, os pais passam direto sem reconhecer o filho inivizibilizado pela negritude. Gregório aliviado. Mas tem saudade dos pais e os observa por algum tempo, de longe. Mais adiante cruza olhar com Edda, sua irmã, que o reconhece, mesmo em negritude. Ele faz sinal de silêncio, estranha o cachorro, Eddy, e sussurra para si mesmo espantado **"O que essa doida quer trazendo um cachorro para Organização Humanística?!"**. Eddy late reconhecendo Gregório. Antes que os pais olhem para trás e o vejam, Gregório se joga dentro de um supermercado que fica ao lado do templo.

No supermercado, o segurança do estabelecimento logo passa um rádio. Gregório precisa ficar um tempo até que não corra o risco de encontrar os familiares lá fora, à frente do templo. Então, começa a coletar os produtos na cesta de mão. O segurança o persegue-o tempo inteiro. Gregório finalmente percebe que está sendo vigiado. Ele pergunta do que se trata. O segurança ironicamente diz que "**... é coisa de sua cabeça.**

Tô apenas fazendo uma ronda aleatória por dentro do estabelecimento.". Já no Caixa para pagamento, o segurança, sem disfarçar, encara Gregório de forma constrangedora. Gregório perde a cabeça. Parte para discussão. No meio da confusão, ele grita. **"Eu não sou negro!"**. As pessoas ao redor que estavam à princípio mostrando-se solidárias a ele, estranham aquela afirmação. Algumas acham graça e riem. Ele se corrige depois de um breve silêncio, e diz a nossa clássica frase-defesa **"Isso tá acontecendo por eu ser preto"**. Por um lapso de segundo, estendido pela sua mente agora muito reflexiva, Gregório relembra as múltiplas vezes em que ele riu e ironizou desta frase. Sempre a considerava uma corruptela nas discussões racializadas. Imaginava ser uma frase de efeito que tinha um direcionamento ao vitimismo de toda uma comunidade que, acreditava ele, se utilizava-se dessa ferramenta para chamar atenção desnecessária. Mas, de repente, ele se via agora emitindo essas frases de modo espontâneo, ainda que induzido pela margem do rio social que o pressionava agora naquele pequeno supermercado, **"Isso tá acontecendo por eu ser negro"**, repete Gregório, dessa vez pra sim mesmo. A temperatura aumenta entre Gregório e o segurança. A brutalidade embranquecida dele se mistura com a sua indignação enegrecida. A tensão aumenta e, num piscar de olhos, inicia-se uma luta corporal entre o segurança que o perseguia e o ex-branco. Sangue no rosto de Gregório. Estimulados por este sangue, clientes do supermercado começam a filmar, através dos seus celulares o espetáculo de violência contra a carne preta. Um segundo segurança aplica um mata leão em Gregório, imobilizando-o no chão com o joelho no pescoço. Gregório fica sem respirar por alguns instantes. O rosto enrubesce desfazendo a teoria de que pele negra não fica vermelha. Com a falta de oxigenação, Gregório perde temporariamente a audição. Com a vista difusa, ele observa no silêncio cinematográfico, os clientes do supermercado com gestos pedindo para que o segurança libere Gregório, pois ele iria morrer asfixiado com aquele joelho no pescoço. Em alucinação, naquele momento ao chão, Gregório vê a imagem de uma idosa negra, que parece não estar ali no supermercado, mas que fantasticamente diz pra ele: **"Será que nunca saberemos o que é realmente estar no lugar do outro, Gregório?"**. Foram 08 minutos e 46 segundos com o joelho no pescoço. Finalmente, o segurança retira o joelho do pescoço de Gregório. Ele volta a respirar. Mas ainda com dificuldade. Está revoltado. Seu rosto sangra, mas algo mais profundo parece estar ferido. Uma dor interna. Uma vergonha por estar passando por aquilo. Os olhares dos outros clientes que não se definem como cúmplices ou indignados. Uma solidão social. Um desejo de se explicar, misturado com uma vontade de quebrar algo no supermercado na falsa esperança de que estaria destruindo o preconceito. Uma insuficiência de esclarecimento. Um impulso sufocado de discursar sobre o assunto. Ele olha por um instante para os clientes e os seguranças. Ameaça iniciar um discurso. Mas desiste e sai do supermercado com a mão no pescoço, tentando restabelecer sua respiração. Ele ainda consegue respirar.

Seu telefone toca. É Ana. Ele não atende. Transtornado nas ruas e ainda com o pescoço dolorido, Gregório lembra-se de Seu Nelson, o velho da cela da delegacia, e resolve seguir o conselho de visitar uma Makota[13].

Ao entrar no terreiro, ele é recebido por uma idosa negra. Ele reconhece que é a mesma idosa que surgiu na alucinação ao ser agredido por seguranças do supermercado, Makota Valdina. No terreiro de religião de matriz africana, Gregório se confessa integrante desde criança de uma organização humanística secreta por conta da sua família. Mas é prontamente avisado que naquele lugar, todos são bem-vindos independente de qualquer coisa.

Ele se sente à vontade para revelar sua *pretamorphosis* para Makota. Ela acredita sem perplexidade. **"Como assim?!"**, pensa Gregório. Ela pede para ele ficar alguns dias no Terreiro. As experiências de Gregório são incríveis naqueles dias. Ele se surpreende que naquele lugar convivam pessoas negras e não-negras sem que isso seja uma determinante de hieraquia entre as pessoas. Conversa bastante com a comunidade do Terreiro. Sente-se acolhido.

---

13 Makota é nome dado para um cargo feminino de grande valor nos terreiros de religião de matriz africana. A Makota além de ser uma conselheira da Mãe de Santo, é também uma espécie de "zeladora dos orixás". É o equivalente feminino dos *ogãs*, sendo escolhida e confirmada pelo orixá do terreiro de candomblé. Não entram em transe, nem incorporam as entidades.

Enquanto isso, Rafael, o misterioso amigo do seu irmão Bruno, que havia sido preso injustamente, é solto do cárcere depois de anos de detenção. Rafael liga para Bruno. Diz que quer encontrar algum dia o amigo para comemorar a liberdade. Bruno estranha, e então liga para Gregório. Pede para que o irmão, ex-branco, o acompanhe no reencontro com Rafael, **"...afinal de contas vocês dois são negros.",** justifica, temeroso, Bruno. Gregório confirma que vai acompanhar Bruno no reencontro com Rafael.

Na casa da família de Gregório, sua mãe entra no quarto do filho. Ela sente muita falta dele. Abre suas gavetas e começa finalmente a redescobrir e lembrar momentos de Gregório na adolescência embranquecida através de fotos. Seu Benito chega à porta do quarto do filho e, endurecido, também entra no quarto. Em uma conversa ligeira com Seu Benito, a mãe percebe que não existe a possibilidade do filho voltar a morar na casa da família em condição de negritude por resistência do pai. E até então, não se sabe de uma reversão do quadro epidérmico de Gregório. Seu Benito confessa para Dona Eva que desistiu do empreendimento de móveis, pois descobriu que a madeira clara, que ele pretendia trabalhar, entrou na lista de árvores protegidas por conta do recente aumento de desmatamento. **"E a outra madeira mais escura? Não dá pra trabalhar com ela?",** pergunta Dona Eva. Seu Benito olha pra esposa, e não responde.

No pequeno terreiro de Makota Valdina, Gregório

recebe uma mensagem escrita de Lamijad. Ela diz que precisa encontrá-lo para falar algo importante, que diz respeito aos dois. Gregório confessa para Makota que na verdade gosta da sua antiga namorada branca, Ana, e que pretende revelar isso para Lamijad, evitando criar falsas esperanças na *influencer* ativista negra.

Ele se encontra com Lamijad no *afrobunker hooks* para ter uma conversa franca com a negra *influencer*. Ele não consegue ir direto ao ponto. Ainda sente algo especial por Lamijad e se perde em conversas evasivas. Nessa confusão emocional, acaba perdendo o horário do reencontro de Rafael recém-saído do cárcere, com seu irmão Bruno.

Numa viela da cidade de Salvador, Rafael se encontra com Bruno, sozinho. **"Cadê Gregório?"**, pensa Bruno. Levemente apreensivo, no meio da conversa com Rafael, Bruno envia uma mensagem sem resposta pro irmão, perguntando se ele não vem. Rafael e Bruno são reciprocamente amigáveis no reencontro. Iniciam uma conversa fraterna sobre o acontecido que gerou aqueles anos de prisão do negro que perdeu o final de sua adolescência encarcerado, quando na verdade o infrator tinha sido Bruno. O clima fica tenso. Alguém chega no meio da conversa e surpreende os dois, Bruno e Rafael. Não sabemos quem é. Ambos estão intimidados com a chegada da misteriosa pessoa.

No *afrobunker*, Solano chega e passa a ouvir escondido a conversa entre Gregório e Lamijad. Uma apaixonada Lamijad diz que precisa estar com Gregório em um relacionamento mais estável. Ela brinca que isso ajudaria na reputação de suas ações antirracistas, e que seriam o novo casal integracionista ***"Nelson Mandela e Winnie Mandela* versão latina!"**. Solano sofre ao ouvir escondido essa conversa. Finalmente, Gregório diz que eles não formam um casal. Clima pesado. Como resposta, ela confessa que está grávida de Gregório. **"O que?!"**. Atormentado, Gregório pede um *drink* colorido ao *barman*. O ex-branco corajosamente, confessa ainda amar sua ex-namorada branca, Ana. Ele ressalta que ele e Lamijad não são um casal. Na discussão, Gregório decide revelar seu processo de transformação misteriosa, seu salto de uma pele branca para a pele negra. Lamijad fica chocada com o que ouve.

O celular de Gregório recebe uma mensagem escrita do seu irmão Bruno avisando que o reencontro com Rafael está muito difícil. Gregório aproveita a deixa e **"... desculpa, eu preciso ir agora!"**. Na tentativa de sair para encontrar o irmão, Gregório, tenta aliviar o clima, e admite estar envolvido em sentimentos estranhos e desapontamentos desde sua mudança de etnia. Ele menciona a empatia que sente pelas pessoas negras que compartilham sua nova identidade. Lamijad, no entanto, confronta seu argumento. **"Você não sente empatia por pessoas como eu."**. Surpreso, Gregório questiona o significado de suas palavras. Lamijad insiste, **"Eu sou como você, Gregório!"**. Ela confessa que sempre foi negra, mas se via como branca, uma revelação que deixa

Gregório atônito. Lamijad sai abruptamente do *afrobunker hooks*.

Sozinho, Gregório mergulha profundamente em suas lembranças, percebendo que sempre foi negro. Ele passa por um *flash* de memória: sua infância como o único negro entre crianças brancas; à mesa de jantar, com sua família negra que se entende como branca; ele e Ana, um casal interracial na intimidade do lar; ele na sala de pós-graduação com Solano; em apartamentos de luxo com clientes; na mesa de oração com sua família; e se vendo no reflexo de um *drink* na Festa *Black Lounge*. Todas essas memórias confirmam uma verdade até então oculta: ele sempre fora negro. A voz de Lamijad ainda ecoa em sua mente: **"Estamos saindo de uma** brancamorphosis**! Você e sua família nunca foram brancos! Vocês se enxergam assim! A gente se enxergava assim! Um embranquecimento acionado por uma tecnologia perversa! Por algum motivo isso parou de funcionar pra você. Pra mim. Pra alguns."**. A revelação deixa Gregório confuso e atordoado pois ele estava fugindo de algo irrefutável, a sua autêntica negritude. **"Como eu poderia ser negro e nunca ter percebido?"**. **"Esse processo não é fácil pra ninguém, Greg! O reflexo do reflexo! É através dele que conseguimos ver a nossa verdadeira identidade. Você não lembra das vezes que você se viu nessa duplicidade de reflexos nos vidros?"**. Neste momento, Gregório recebe uma mensagem de vídeo com movimentos nervosos de Bruno, que agora surge negro na tela pra Gregório, **"Por favor, irmão, eles vieram aqui... e vão me matar!"**. A mensagem de video de Bruno é interrompida abruptamente e Gregório deixa escapar de sua mão o *drink* colorido que se espatifa no chão, ao lado de uma lagartixa branca.

E agora?

BRIEFING DA SEGUNDA TEMPORADA

O segundo livro serializado vai aprofundar as encruzilhadas existenciais e sociais que atravessam os personagens principais da trama (a morte do irmão de Gregório, o filho com Lamijad, a amizade com Solano, etc.). Vai também explicar o processo de *brancamorphosis* (a origem e a mecânica) e revelá-lo pro resto da sociedade, o que vai gerar pânico entre as pessoas de melanina branda e repressão contra as pessoas pretas que resistem ao embranquecimento cultural e social. A redescoberta da negritude na sociedade vai se tornar uma questão de saúde mental pública e desencadear medidas e campanhas de contenção contra todos os pretos que resistem ao embranquecimento cultural e social. É neste contexto de medo, revolta e perseguição que Gregório e cia vão continuar sua jornada de descoberta da própria subjetividade e vão lutar pelo seu espaço numa sociedade absurdamente polarizada e violenta, que mata a negritude não somente fisicamente, mas subjetivamente.

MAPA SIMBÓLICO

LAGARTIXAS

As lagartixas são originárias da África e possivelmente foram introduzidas em terras brasileiras por meio dos navios negreiros por volta do século XVIII. Hoje estão em todas as regiões do país. A mudança de coloração é de grande importância no comportamento social de muitas espécies de répteis. As lagartixas usam a camuflagem para se esconder de predadores. Isso acontece mudando a cor da pele em um processo controlado por hormônios que respondem à luz que células especiais da pele captam.

DUPLA CONSCIÊNCIA (OU *DOUBLE CONSCIOUSNESS*)

O conceito de "dupla consciência" ou "*double consciousness*" foi cunhado pelo sociólogo W.E.B. Du Bois no início do século XX. Ele descreve a experiência única dos afro-americanos nos Estados Unidos, que vivenciam a tensão de ter uma identidade dividida. A dupla consciência refere-se à sensação de ter duas perspectivas conflitantes de si mesmo. Por um lado, os afro-americanos se identificam com sua própria comunidade e cultura negra, mas, ao mesmo tempo, são constantemente confrontados com a visão que a sociedade branca tem deles. Essa duplicidade de consciência resulta em um sentimento de alienação e autoavaliação constante. Os afro-americanos são obrigados a equilibrar suas identidades internas com as percepções externas que são impostas a eles. A dupla consciência é fundamental para compreender as experiências dos afro-americanos na luta contra o racismo e a busca pela igualdade. Ela revela tensões e contradições de uma sociedade onde a identidade racial é central na formação das estruturas de poder. Esse conceito possa ser aplicado aos negros e negras brasileiros se considerarmos o aspecto diaspórico que organiza uma dupla concientização de origem: a ascendência africana e a natalidade no Brasil. Numa tensão ainda mais prática, a encruzilhada de ser brasileiro(a) ou negro(a). Essa duplicidade atravessa Gregório no capítulo 03, a partir de seu encontro, ou reencontro, com o único colega negro do curso da pós-graduação, Solano.

OUTRICIDADE

O conceito de *outricidade* analisado por Grada Kilomba em seu livro *Memórias da Plantação* (2019), aborda a experiência de ser considerado "o outro" na sociedade. A *outricidade* envolve o processo de ser constantemente marcado como diferente e

de não se encaixar nos padrões e normas dominantes. Kilomba destaca como o racismo estrutura essa dinâmica, criando uma posição de subalternidade e marginalização. A *outricidade* refere-se à experiência de ser constantemente objetificado, carregando consigo uma sensação de ser observado e vigiado. Kilomba enfatiza como essa dinâmica não está apenas presente nas interações pessoais, mas também arraigada em estruturas e instituições sociais. Destaca a desumanização e a violência simbólica sofrida pelos indivíduos considerados "outros".
Esta palavra surge como descrição da sensação interna da personagem no capítulo 03, no momento em que o ex-branco tenta encontrar vaga numa pequena pousada do centro da cidade de Salvador. Esta sensação persegue Gregório por toda a narrativa, como um dispositivo imposto pelas relações sociais de uma cidade que se quer branca.

FAMÍLIA MARGARINA

O conceito de "família margarina" se refere à representação publicitária de famílias felizes e prósperas, normalmente padronizadas por pessoas brancas. Esse padrão quase perpetuou a ideia de que a felicidade e o bem-estar estavam necessariamente associados à branquitude hétero-cis-normativos. Até os anos 2000, essa visão unidimensional dominava a publicidade. Essa estereotipia impactou negativamente a autoestima de jovens negros e negras, criando um desejo inconsciente de embranquecimento. Nos últimos anos, a diversidade começou a ser valorizada na publicidade, em parte graças à conscientização e pressão dos movimentos e redes sociais.

No capítulo 05, acontece uma inversão que causa uma estranheza no ex-branco Gregório, quando ele se depara com uma cena típica desses comerciais de margarina com uma família negra. Essa cena ocorre na cozinha de sua família branca, o que intensifica ainda mais o aspecto reflexivo da nossa personagem, que passa por uma jornada de transformação com sua repentina *pretamorphosis* que amplia sua concepção de mundo e relações humanas.

SADE ADU – SWEETEST TABOO

Sade Adu, cantora e compositora britânica-nigeriana, é conhecida por seu estilo musical que une *soul, R&B, jazz* e *soft rock*. Ela lidera a banda Sade, famosa por músicas atemporais. Nascida na Nigéria, construiu sua carreira na Inglaterra. Sua canção *Sweetest Taboo* fala de um amor intenso e talvez proibido, sugerindo desafios sociais de amores marginalizados ou subjugados. Embora não mencione diretamente a questão racial, a música pode refletir as tensões em torno de relações interraciais, dada a própria origem binacional de Sade Adu. Mas, essa é apenas uma interpretação possível. Esta canção surge sempre quando o Gregório entra na Festa *Black Lounge* no apê de luxo nos capítulos 01 e 02 deste livro.

CORRA!

O filme *Corra*(!2017), dirigido por Jordan Peele, é uma obra importante que aborda questões profundas sobre raça, identidade e a experiência negra na sociedade contemporânea. O filme utiliza o gênero do terror para explorar o fetiche com a negritude. O longa-metragem narra a jornada de um jovem negro que visita a família branca de sua namorada, e descobre que eles têm intenções sinistras relacionadas à sua etnia. A troca de identidade é uma metáfora poderosa para as formas institucionais de racismo onde a apropriação da cultura negra é explorada. Através da manipulação da identidade, Peele expõe as tensões raciais e as complexidades da experiência negra na sociedade contemporânea.

No capítulo 03, o filme *Corra!* é usado por Solano como régua de reconhecimento da identidade de Gregório.

DANÇA DE PULP FICTION

A dança de John Travolta e Uma Thurman no longa-metragem *Pulp Fiction* (1994) com direção de Quentin Tarantino tem uma potência simbólica marcante no mundo pop. A excentricidade daquela cena-dança revela uma busca por autenticidade, rejeitando normas sociais e fugindo da realidade. Ao dançar de maneira exagerada e inesperada, a pessoa busca escapar da rotina monótona e de situações desconfortáveis. Podemos ler a excentricidade como uma tentativa de criar uma nova identidade, romper restrições sociais e desafiar expectativas impostas. Essa atitude pode refletir um desejo profundo de escapar da realidade, evitar solidão ou buscar conexões humanas autênticas. Talvez o Gregório no capítulo 02, esteja fugindo da sua nova realidade em negritude através dessa ferramenta.

LUVAS BONEQUINHA DE LUXO

A luva usada por Audrey Hepburn (1929-1993) no filme *Bonequinha de Luxo* (1961) possui uma potência simbólica no mundo ocidental. Representa elegância, sofisticação e um elemento icônico da moda feminina. No entanto, essa simbologia da luva está associada ao exclusivismo endurecido da cultura ocidental, que insiste em separar acessórios femininos e masculinos, limitando-se a lugares binários.
Essa divisão de gênero na moda provoca constrangimento quando homens hétero-cis-normativos são obrigados a vestir esses elementos considerados femininos. Isso revela uma rigidez na definição de masculinidade, que se sente ameaçada pela quebra dessas normas. Ao fazer uso desse artifício ocidental para esconder a misteriosa negritude de seu antebraço, Gregório se confronta com esse constrangimento que aponta para uma reflexão sobre a necessidade de desconstruir estereótipos de gênero na moda e promover a liberdade de expressão individual, independentemente do sexo ou gênero.

TRAJE "PASSEIO COMPLETO"

O "passeio completo" é um traje formal, geralmente usado em eventos importantes à noite, como casamentos e formaturas. Normalmente inclui um terno completo com gravata, geralmente de cores escuras. Originou-se na Europa, como um padrão de vestimenta elegante para ocasiões especiais. É menos formal que o traje a rigor, mas ainda assim requer elegância e sofisticação. O traje de passeio completo é usado na Festa Black Lounge no capítulo 01.

SOCIOLOGIA

Clóvis Moura (1925-2003) foi um importante sociólogo brasileiro que criticou a forma como a sociologia no Brasil abordava a questão racial. Ele argumentou que a sociedade brasileira é fortemente marcada pela escravização e o racismo estrutural, e que, portanto, qualquer análise sociológica que não leve em conta esses aspectos, é incompleta. Moura defendia que a contribuição cultural e histórica dos afro-brasileiros e a dinâmica do racismo deveriam ser centralmente incorporadas no estudo da sociedade brasileira. Essa perspectiva de Moura, foi uma contribuição significativa para o desenvolvimento da sociologia no Brasil, desafiando a visão predominante, e abrindo caminho para novos. Sociologia é o curso de graduação escolhido por Ana, a namorada branca de Gregório.

COTAS RACIAIS BRASILEIRAS

As cotas raciais no Brasil são uma política que reserva vagas em universidades e empregos públicos para pessoas negras e indígenas. Elas surgiram para combater a desigualdade racial no país, inspiradas em políticas similares nos Estados Unidos, chamadas de "ação afirmativa". No Brasil, mesmo após a abolição da escravatura, o acesso à educação e empregos de qualidade ainda era mais difícil para esses grupos. Na época, a abolição não veio acompanhada de um plano efetivo de absorção efetiva dos ex-escravizados na sociedade. O que gerou um desequilíbrio histórico de acesso às condições de cidadania. As cotas são uma tentativa de garantir oportunidades iguais para todos. As cotas raciais são rapidamente discutidas na mesa de jantar da família branca de Gregório no início do capítulo 01.

I KNOW A PLACE – BOB MARLEY

A música "I Know a Place" de Bob Marley (1945-1981) carrega um sentido profundo de refúgio e esperança. A letra retrata a busca por um lugar seguro e acolhedor, onde se possa encontrar paz e liberdade. Ao associá-la a alguém que está deslocado do seu território de segurança, como o ex-branco Gregório, a música pode representar um refúgio emocional e uma maneira de consolo e pertencimento, onde se pode encontrar abrigo e se reconectar com um senso de identidade e segurança perdidos. A música de Bob Marley, conhecido por suas letras politicamente engajadas que ressoam questões sociais, pode ser interpretada como uma mensagem de apoio e encorajamento para aqueles que se sentem marginalizados. A canção de Bob Marley surge no capítulo 03, quando Gregório enegrecido está apresentando um apartamento de luxo para um jovem casal branco que está prestes a juntar os trapos em casamento.

GRIOT

Griot é uma tradição cultural da África Ocidental, onde essas figuras atuam como contadores de histórias, cantores, músicos e conselheiros orais. Eles são guardiões da tradição e da história oral de seu povo, transmitindo conhecimento e sabedoria de geração para geração. Simbolicamente, os *griots* representam a memória coletiva da comunidade. Quando dizemos que uma pessoa tem uma característica de *griot*, estamos nos referindo a alguém que possui habilidades de contar histórias, ensinar e aconselhar de maneira eficaz e envolvente. É o caso de Seu Nelson que divide cela com Gregório no episódio 06.

ENCARCERAMENTO DA POPULAÇÃO NEGRA

No Brasil, a população carcerária é majoritariamente negra, reflexo de uma sociedade estruturalmente racista. Desigualdades socioeconômicas e preconceitos sistêmicos resultam em maiores taxas de encarceramento entre negros.

Fatores como o uso de reconhecimento facial, que pode ser tendencioso contra pessoas de pele mais escura, contribuem para prisões injustas. Muitos negros e negras vivem em áreas vulneráveis, onde o acesso a advogados é limitado, prejudicando suas chances de defesa. A falta de representatividade na Justiça e na polícia também agrava o problema. Essa situação evidencia a necessidade de reformas no sistema judicial e policial para garantir a igualdade de direitos para todos os cidadãos. No capítulo 06, Gregório sente isso na pele ao ser o único detido na delegacia após um evento que envolvia ele e seus três amigos brancos.

TORNAR-SE NEGRO

O processo de enegrecimento é uma jornada de reconhecimento e afirmação da identidade negra em uma sociedade que frequentemente valoriza e privilegia a branquitude. No livro *Tornar-se negro: Ou as vicissitudes da identidade do negro brasileiro em ascensão social* (2021), Neusa Santos Souza (1948-2008) explora essa jornada complexa. A autora mergulha na análise psicanalítica de relatos, explorando como o racismo influencia a autoestima e a autopercepção dos negros e negras. O livro se debruça sobre a aventura de descobrir-se negro em um ambiente social que coloca a branquitude como valor supremo de existência. Gregório a partir do capítulo 06, começa a identificar pistas de sua verdadeira subjetividade, assim como é confrontado com as medidas de valores sociais dessa identidade. Sua família passou por momentos de ascensão social, e certamente essa mobilidade resultou em alterações na percepção de sua identidade étnica.

NECROPOLÍTICA

Necropolítica é um conceito introduzido pelo filósofo camaronês Achille Mbembe para descrever a maneira como o poder de Estado opera nos termos de quem pode viver, e quem deve morrer. Originário dos estudos pós-coloniais, o termo expande a noção *foucaultiana* de biopolítica, acrescentando a ideia de que o Estado tem o poder de ditar não apenas as regras da vida, mas também as da morte. A necropolítica envolve políticas que marginalizam, excluem ou matam certos grupos sociais, através da violência direta ou negligência. Isso pode ocorrer em contextos de guerra, genocídio, escravização, ou mesmo através de estruturas sociais e econômicas que perpetuam a desigualdade e a opressão.

AFROBUNKER

Chamar os quilombos de "*afrobunkers*" nos dias atuais carrega componente de ironia. "Bunker" é uma palavra geralmente associada a refúgios fortificados usados durante conflitos militares. Ao usá-la para descrever quilombos contemporâneos, sugere que esses locais são refúgios protegidos para a população negra. A ironia está no fato de que esses espaços, originalmente estabelecidos como refúgios de escravizados fugitivos durante o período colonial, ainda são necessários em uma sociedade que se diz pós-racial. Aponta para a persistência do racismo e da violência sistêmica que obrigam comunidades negras a buscar espaços seguros de proteção e resistência. Assim, o termo "*afrobunker*" evidencia a necessidade contínua de luta por igualdade e justiça racial.

Termo irônico criado a partir da adaptação cinematográfica do livro *Namíbia, Não!* (2012) de Aldri Anunciação, em filme intitulado *Medida Provisória* e roteirizado por Lázaro Ramos, Elísio Lopes Jr, Lusa Silvestre e Aldri Anunciação.

BLAXPLOITATION

O termo "Blaxploitation" é uma junção das palavras "*black*" (negro, em inglês) e "*exploitation*" (exploração). Refere-se a um movimento cinematográfico dos anos 70 nos Estados Unidos. O gênero foi marcado por filmes de baixo orçamento que eram voltados para o público afro-americano, com protagonistas negros e negras. Embora criticado por reforçar estereótipos, o *Blaxploitation* é reconhecido por ter ajudado a diversificar *Hollywood*, oferecendo a atores e atrizes negros oportunidades que raramente tinham na indústria do cinema.

Filmes icônicos desse movimento, incluem *Shaft* (1971), *Super Fly* (1972) e "*Foxy Brown* (1974).

BELL HOOKS

Ela foi uma importante feminista, professora, ativista social e autora americana, conhecida por suas contribuições à teoria feminista e à crítica cultural. Nascida como Gloria Jean Watkins em 1952, adotou o nome "bell hooks" para homenagear sua avó e sempre o escreveu com letras minúsculas para enfatizar a substância de suas ideias em vez de sua personalidade. Em seus trabalhos, ela explorou temas como interseccionalidade, racismo, capitalismo e patriarcado. Sua obra mais conhecida, "Ain't I a Woman: Black Women and Feminism", é um marco na crítica ao feminismo ocidental por negligenciar a voz das mulheres negras. Faleceu em 2021, deixando um legado duradouro no ativismo social. O nome dela é inspiração para as personagens Abdias, Silvio e Clóvis nomearem o *afrobunker* no capítulo 07. Este local é de grande importância para o ex-branco Gregório amadurecer as transformações e enegrecimento pelos quais ele passa ao longo da sua jornada na novela.

REGGAETON

Reggaeton é um gênero musical que se originou em Porto Rico nos anos 90, combinando influências do reggae jamaicano, do hip hop americano, e da música latina, incluindo a salsa. As letras costumam ser em espanhol e abordam temas que vão desde o amor e a paixão até questões sociais. O *reggaeton* é conhecido por seu ritmo cativante e dançante, caracterizado por um padrão rítmico chamado "*dembow*". Ao longo dos anos, artistas como Daddy Yankee, Don Omar, e mais recentemente Bad Bunny e J Balvin, popularizaram esse estilo em todo o mundo. Apesar de controvérsias relacionadas às letras sexualmente explícitas e misoginia, o *reggaeton* tem tido um impacto significativo na música global. No início desta novela, o personagem Gregório ouvia canções de Bob Marley na sua versão original e popularizada comercialmente no mundo na década de setenta. No *afrobunker*, ele ouve versões *reggaeton* das canções do maior nome do reggae mundial.

GEORGE FLOYD (capítulo 08)

George Floyd foi um homem negro, morto por um policial branco que pressionou seu joelho contra o pescoço de Floyd por mais de oito minutos e quarenta seis segundos em Minneapolis (EUA), em maio de 2020. A imagem do policial com o joelho no pescoço de Floyd tornou-se um poderoso símbolo de opressão racial e abuso policial. A frase "*I can't breathe*" (Eu não consigo respirar), repetida por Floyd durante a detenção, se transformou em um grito global contra o racismo e a violência policial. Sua morte desencadeou uma onda de protestos em todo o mundo, dando novo impulso ao movimento *"Black Lives Matter"*. O fenômeno George Floyd destaca a necessidade urgente de reforma da polícia e justiça racial, com o joelho simbolizando a opressão que precisa ser removida. No capítulo 08, o ex-branco Gregório experimenta uma situação que dialoga diretamente com o ocorrido em Minneapolis.

MAKOTA

Makota é um termo que tem suas raízes nas religiões afro-brasileiras, em especial o Candomblé de Angola. Refere-se à importante figura feminina dentro dessas tradições. A Makota é uma sacerdotisa ou líder espiritual, com a função de cuidar dos cultos aos ancestrais e do terreiro, mantendo e transmitindo a tradição, a sabedoria e os costumes religiosos. Ela atua como uma conselheira para a comunidade, oferecendo orientação espiritual e emocional. As Makotas, assim como outras lideranças religiosas no Candomblé, desempenham um papel essencial na preservação e continuidade das práticas e crenças religiosas afro-brasileiras.

FRANTZ FANON

Frantz Fanon (1925-1961) foi um psiquiatra, filósofo e revolucionário da Martinica. Importante pensador do século XX, cujo trabalho tem grande influência nos estudos pós-coloniais e na psicanálise. Seu livro mais conhecido, *Pele Negra, Máscaras Brancas* (1952), Fanon discute o impacto do colonialismo e do racismo na identidade e na autoestima dos negros, argumentando que estes são levados a aspirar a ideais brancos e a usar "máscaras brancas" para serem aceitos na sociedade. Numa certa maneira, o personagem Gregório, assim como todos os integrantes de sua família, passa por uma experiência *fanoniana* de anulação de identidade para continuar operando socialmente em uma sociedade com tendências supremacistas brancas.

FRANTZ KAFKA

Frantz Kafka foi um escritor tcheco, famoso pela obra *Metamorfose (1912)*, que narra a transformação de Gregor Samsa em um inseto. A *pretamorphosis* de Gregório faz uma alusão inicial a Kafka, ao contar a história de um branco que é transformado em negro. Entretanto, com a revelação final da verdadeira identidade do protagonista, a narrativa desvela-se mais sobre uma autoanulação do que sobre uma transformação, dialogando diretamente com o livro *Pele Negra, Máscaras Brancas* de Frantz Fanon. A história de Gregório e sua família cria um jogo dinâmico entre os dois Frantz: Kafka e Fanon. Unindo literatura existencial e crítica social, e delineando diferenças entre metamorfose física e transformação cultural.

Esta obra foi produzida em Arno Pro Light 13 e impressa na Mult Graphic, em julho de 2024.